乐章集

YUE ZHANG JI

-

Liu Yong

宋·柳永——著

全丽娜——译

江苏凤凰文艺出版社
JIANGSU PHOENIX LITERATURE AND ART PUBLISHING, LTD

寄萍堂上老人齊璜著色

白石

Contents
目录

1. 雨霖铃·寒蝉凄切

寒蝉凄切。对长亭晚，骤雨初歇。都门帐饮无绪，留恋处、兰舟催发。执手相看泪眼，竟无语凝噎。念去去、千里烟波，暮霭沈沈楚天阔。

多情自古伤离别。更那堪、冷落清秋节。今宵酒醒何处，杨柳岸、晓风残月。此去经年，应是良辰、好景虚设。便纵有、千种风情，更与何人说。

【注释】

凄切：凄凉，悲切。
长亭：古时在驿站路上设置的休息补给服务点，十里一亭，后来人们常在这样的地方郊游停驻或送别。
都门：京城的城门。这里指的是北宋都城汴京（今河南开封）。
帐饮：设帐宴饮，一般指的是设在郊外为送行而举办的。
无绪：没有情绪。
兰舟：对船的美称，原指用木兰树做成的船。
凝噎：哽咽，说不出话来的样子。
去去：形容行程很长，距离很远。
沈沈：即“沉沉”，形容烟云深厚。
楚天：古代楚国在江南一带，所以称南方的天空为楚天。
那堪：哪能承受。
今宵：今夜。
经年：年复一年。
好景：一作美景。
虚：徒然，白白。
纵：即使，就算。
风情：情意。男女之间的浓情爱意。情，一作“流”。
更：一作“待”。

【译文】

寒冷天气里蝉鸣凄凉悲切，黄昏时分面对着长亭，刚下了一阵急雨。在京城外设帐宴饮饯别，依依惜别无心喝酒，船家却开始催促出发了。两手相握，泪眼朦胧，千言万语却说不出来。这一别，隔着千里的烟波，沉沉的暮霭让那天空更看不到边际。

自古以来，离别总是让多情的人最伤心，更何况，还是在这样凄冷的季节！今晚喝醉会在哪里醒来？恐怕只会在杨柳岸边，独自吹着早晨的冷风看着孤单的残月。从此以后，即使有良辰美景，对我来说也是形同虚设了。即使有满腹情意，又能和谁倾诉呢？

【辑评】

李攀龙《草堂诗馀隽》："千里烟波"，惜别之情已骋；"千种风情"，相期之愿又赊。真所谓善传神者。

贺裳《皱水轩词筌》：柳屯田"今宵酒醒何处？杨柳岸，晓风残月"，自是古今俊句。

周济《宋四家词选》：清真词多从耆卿夺胎，思力沉挚处，往往出蓝。然耆卿秀淡幽艳，是不可及。

唐圭璋《唐宋词简释》：此首写别情，尽情展衍，备足无余，浑厚绵密，兼而有之。宋于庭谓柳词多"精金粹玉"，殆谓此类。

俞文豹《吹剑录》：柳郎中词只合十七八女郎，执红牙板，歌"杨柳岸，晓风残月"。

冯煦《宋六十一家词选例言》：曲处能直，密处能疏，奡处能平，状难状之景，达难达之情，而出之以自然。

王灼《碧鸡漫志》卷五云：今双调《雨霖铃慢》，颇极哀怨，真本曲遗声。

刘熙载《艺概》卷四：词有点有染。柳耆卿《雨霖铃》云"多情自古伤离别，更那堪冷落清秋节。今宵酒醒何处，杨柳岸、晓风残月。"上二句点出离别冷落，"今宵"二句，乃就上二句意染之。

2. 蝶恋花·伫倚危楼风细细

伫倚危楼风细细。望极春愁，黯黯生天际。草色烟光残照里。无言谁会凭阑意。

拟把疏狂图一醉。对酒当歌，强乐还无味。衣带渐宽终不悔，为伊消得人憔悴。

【注释】

危楼：高楼。
望极：极目远眺。
黯黯：光线昏暗，心情沮丧。
生天际：从遥远的天边升起。
烟光：形容烟气雾霭飘荡缭绕。
会：懂得，理解。
阑：同“栏”。
拟把：打算。
疏狂：豪放不羁。
强（qiǎng）乐：勉强欢笑。强，勉强。
衣带渐宽：指人逐渐消瘦。
消得：能忍受得了，经受得住。

【译文】

微风细细地吹来，我靠在高高的楼上极目远望，愁思从遥远的天边悄悄升起。草色碧绿，烟气缭绕，斜阳照来，默无声息，谁能理解我此刻靠在栏杆上的心情。

我打算纵情痛饮一醉方休，但举杯唱歌，勉强欢笑，反而觉得很没意思。衣服带子渐渐宽松了，我渐渐瘦了，但是我并不后悔，为了她，变得憔悴也是能接受的。

【辑评】

唐圭璋《唐宋词简释》：此首上片写境，下片抒情。“伫倚”三句，写远望愁生。“草色”两句，实写所见冷落景象与伤高念远之意。换头深婉。“拟把”句，与“对酒”两句呼应。强乐无味，语极沉痛。“衣带”两句，更柔厚。与“不辞镜里朱颜瘦”语，同合风人之旨。

王国维《人间词话》：古今之成大事业、大学问者，必经过三种之境界……“衣带渐宽终不悔，为伊消得人憔悴”，此第二境也。

俞陛云《唐五代两宋词选释》：长守尾生抱柱之信，拼减沈郎腰带之围，真情至语。

3. 蝶恋花·蜀锦地衣丝步障

蜀锦地衣丝步障。屈曲回廊，静夜闲寻访。玉砌雕阑新月上。朱扉半掩人相望。

旋暖熏炉温斗帐。玉树琼枝，迤逦相偎傍。酒力渐浓春思荡。鸳鸯绣被翻红浪。

【注释】

蜀锦地衣：用蜀锦制成的地毯。
丝步障：以丝绸制品制成的遮挡视线或尘土的帘幕。
回廊：弯曲回转的走廊。
闲：平常。
玉砌：用玉石砌成的台阶。
雕阑：雕花的栏杆。
朱扉：红色的大门。
旋：随即。
熏炉：有熏笼罩盖的香炉，供熏香或取暖用。
斗帐：形如覆斗的小帐子。
玉树琼枝：形容身体美丽莹润。
迤逦（yǐ lǐ）：曲折连绵。
春思：即春情，男女之间的爱情。

【译文】

走在用蜀锦做成的地毯上，挑起丝织品做成的帘幕。穿过弯弯曲曲的回廊，我在安静的夜里悠闲寻访。新月的光辉照在玉砌台阶雕花栏杆上。朱门半掩，与里面的人相望。

很快暖炉就将帐子里熏热了。她身体美丽得好像玉树琼枝，我们情意绵绵相依偎。带着酒意，渐渐产生了春情。鸳鸯被里恩恩爱爱。

4. 望海潮·东南形胜

东南形胜，三吴都会，钱塘自古繁华。烟柳画桥，风帘翠幕，参差十万人家。云树绕堤沙。怒涛卷霜雪，天堑无涯。市列珠玑，户盈罗绮竞豪奢。

重湖叠巘清嘉。有三秋桂子，十里荷花。羌管弄晴，菱歌泛夜，嬉嬉钓叟莲娃。千骑拥高牙。乘醉听箫鼓、吟赏烟霞。异日图将好景，归去凤池夸。

【注释】

形胜：地理位置好。
三吴：泛指长江下游江南一带。即吴兴（今浙江省湖州市）、吴郡（今江苏省苏州市）、会稽（今浙江省绍兴市）三郡。
烟柳：烟雾迷蒙笼罩着的柳树。
画桥：雕刻装饰华美的桥。
风帘：遮窗挡风用的帘子。
翠幕：青绿色的帷幕。
参差：不齐。
云树：高大的树。
霜雪：水中掀起的浪花像白色的霜雪。
重湖：这里指西湖。
叠巘（yǎn）：层层叠叠的山峦。巘，大山上的小山。
清嘉：清秀佳丽。
三秋：指秋天或秋季的第三个月（农历九月）。
羌（qiāng）管：即羌笛，这里泛指乐器。
菱歌泛夜：菱，菱角。泛，漂流。夜晚归来的采菱船上响起歌声。
高牙：高高矗立的牙旗。牙，牙旗，将军出行时的旌旗，旗杆上会用象牙做装饰。这里指高官孙何。
异日：有朝一日，日后。
图：描绘。
凤池：原指宫禁中的凤凰池，这里代指朝廷。

【译文】

杭州地理条件优越，是三吴的都会，自古以来都很繁华。烟雾笼罩着的柳树、装饰华美的桥梁、挡风的帘子、青绿色的帷幕，景色迷人，人口众多。高大的树环绕堤坝岸边，汹涌的江涛卷起如霜雪般的白色浪花，江水形成的天堑一望无涯。市场上陈列着各种珍贵的宝物珠玉，人们家里存满了绫罗绸缎，争相比谁更富有奢华。

西湖秀美，重峦叠嶂。秋天桂花飘香，十里荷花争相开放。晴朗的天气里吹起羌笛，夜晚归来的采菱船上响起歌声，钓鱼的老翁和戏莲的姑娘都嬉笑欢乐。隆重的仪仗簇拥着高官望族。趁着醉意听那箫声鼓乐，吟诵欣赏那烟霞。等日后一定要把这等美景描绘出来，好等回京时向人们夸耀。

【辑评】

陈振孙《直斋书录解题》：承平气象，形容曲尽。

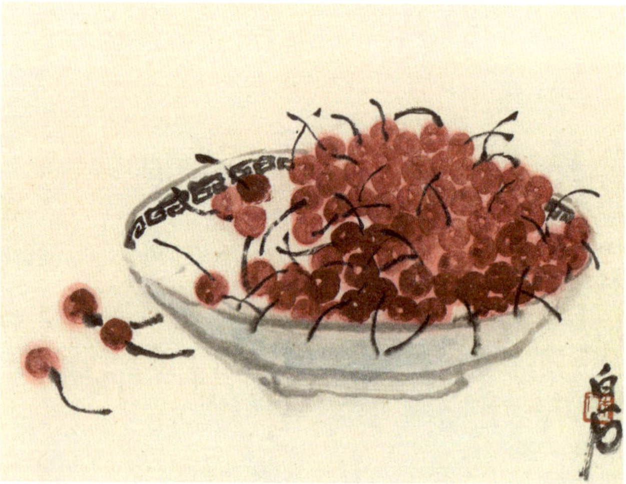

5. 八声甘州·对潇潇

对潇潇、暮雨洒江天，一番洗清秋。渐霜风凄紧，关河冷落，残照当楼。是处红衰翠减，苒苒物华休。唯有长江水，无语东流。

不忍登高临远，望故乡渺邈，归思难收。叹年来踪迹，何事苦淹留。想佳人、妆楼颙望，误几回、天际识归舟。争知我、倚阑干处，正恁凝愁。

【注释】

潇潇：风雨之声。
一番洗清秋：一番风雨，洗出一个凄清的秋天。
霜风：结霜季节的风，也就是秋风。
凄紧：凄凉紧迫。一作“凄惨”。
关河：关隘河流，泛指山河。
是处红衰翠减：所有地方都花草凋零。是处，到处。红、翠，指代花草树木。语出李商隐《赠荷花》诗：“翠减红衰愁杀人。”
苒（rǎn）苒：慢慢地。
渺邈：很遥远。
踪迹：行迹，行踪。
淹留：久留。
颙（yóng）望：抬起头向远处望。
争：怎。
恁（nèn）：如此。
凝愁：忧愁凝结不解。

【译文】

潇潇秋雨飘洒到江面上，将秋景好一番清洗。秋风阵阵凄紧，关山江河冷清，斜阳照在高楼上。到处都草木凋零，美好的景物都在渐渐凋零。只有滚滚长江水，默默无声地向东流去。

不忍心登高远眺，登高望向故乡，也看不到那遥远的情景，归家的心思却难以收回。感慨这些年来漂泊的行踪，为什么要长时间留在异乡呢？想象中美人在楼阁中抬头远望，多少次错把天边而来的船误认为是心上人回来的船。她哪里知道，我倚着栏杆，正在忧愁。

【辑评】

《侯鲭录》引苏轼云：世言柳耆卿曲俗，非也。如《八声甘州》云："霜风凄紧，关河冷落，残照当楼。"此语于诗句不减唐人高处。

唐圭璋《唐宋词简释》：此首亦柳词名著。一起写雨后之江天，澄澈如洗。"渐霜风"三句，更写风紧日斜之境，凄寂可伤。以东坡之鄙柳词，亦谓此三句"唐人佳处，不过如此"。"是处"四句，复叹眼前景物凋残，惟有江水东流，自起首至此，皆写景。换头，触景生情。"不忍"句与"望故乡"两句，自为呼应。"叹年来"两句，自问自叹，与"为问新愁，何事年年有"句，同为恨极之语。"想"字贯至收处，皆是从对面着想，与少陵之"香雾云鬟湿"作法相同。

俞陛云《唐五代两宋词选释》：结句言知君忆我，我亦忆君。前半首之"霜风"、"残照"，皆在凝眸怅望中也。

刘逸生《宋词小札》：《八声甘州》是柳永名作之一，属于游子思乡的一般题材，不一定是作者本人在外地思念故乡妻子而写。据我看，为了伶工演唱而写的可能性还大些。然而，对景物的描写，情感的抒述，不仅十分精当，而且笔力很高，实可称名作而无愧。

6. 鹤冲天 · 黄金榜上

黄金榜上。偶失龙头望。明代暂遗贤，如何向。未遂风云便，争不恣狂荡。何须论得丧。才子词人，自是白衣卿相。

烟花巷陌，依约丹青屏障。幸有意中人，堪寻访。且恁偎红倚翠，风流事、平生畅。青春都一饷。忍把浮名，换了浅斟低唱。

【注释】

黄金榜：古代录取进士的榜单是用金字写的。
龙头：状元，第一名。
明代：圣明的时代。一作“千古”。
遗贤：遗弃贤人，指自己为仕途所弃。
如何向：向何处去。
风云：指得到好的际遇。
争不：怎不。
恣：恣意放纵，随心所欲。
得丧：得失。
白衣卿相：尚未入仕途的有才华的人。
堪：能，可以。
偎红倚翠：指狎妓。宋陶谷《清异录·释族》载，南唐后主李煜微行娼家，自题为“浅斟低唱，偎红倚翠大师，鸳鸯寺主”。
风流：指男女相恋。
平生：一生。
饷：同“晌”，片刻，形容青年时期的短暂。
忍：忍心，狠心。
浮名：指功名。

【译文】

在金字题名的进士榜上，我只是偶然失去了得第一名的机会。在君王圣明的年代，贤能之人也可能会不受重用，我又该如何自处呢？没有得到好的际遇，为什么不恣意放纵一些。何必去计较得失呢？做一个有才情的词人，也不亚于白衣卿相。

烟花之地巷陌之间，有丹青彩绘的屏风。所幸那里有我的意中人，可以去看望寻访。我还是与她们依偎，享受这风流韵事吧，这才是平生的畅快之事。青春年少很快过去，我愿意把功名利禄，换成杯中浅酌之酒和耳畔低声的吟唱。

7. 鹤冲天·闲窗漏永

闲窗漏永，月冷霜花堕。悄悄下帘幕，残灯火。再三追往事，离魂乱、愁肠锁。无语沈吟坐。好天好景，未省展眉则个。

从前早是多成破。何况经岁月，相抛亸。假使重相见，还得似、旧时么。悔恨无计那。迢迢良夜，自家只恁摧挫。

【注释】

闲窗：此代指幽静清冷的居室。
漏永：滴漏一直在滴水，形容夜很长。
锁：郁结。
愁肠：愁思郁结于心。
沈吟：深思。沈，同“沉”。
省：曾。
则个：宋代人的口语，意为一些。
早是：已是，早已就是，本来就是。
抛亸（duǒ）：抛躲，躲避。
无计那（nuò）：无可奈何。那，语助词，表反诘。
摧挫：作践，损害。

【译文】

室内幽静，漏壶滴答作响，初冬之夜很冷，霜花无声无息地落下。悄悄放下帘幕，灯火即将熄灭。反复回想往事，心里很乱，勾起了无限的离愁。不说话坐着深思了很久。如此好天气好景致，没有体会到将眉头舒展一些的乐趣。

从之前就总是和好又分开。何况经过这么多年互相躲避。假如还能重新见到，还能像从前一样吗？就算是后悔也没有办法啊。漫漫长夜。只能这样自我折磨。

8. 玉蝴蝶·望处雨收云断

望处雨收云断，凭阑悄悄，目送秋光。晚景萧疏，堪动宋玉悲凉。水风轻、蘋花渐老，月露冷、梧叶飘黄。遣情伤。故人何在，烟水茫茫。

难忘。文期酒会，几孤风月，屡变星霜。海阔山遥，未知何处是潇湘。念双燕、难凭远信，指暮天、空识归航。黯相望。断鸿声里，立尽斜阳。

【注释】

雨收云断：雨停云散。
萧疏：冷清稀疏。
宋玉悲凉：引申为悲秋。源自宋玉《九辩》有“悲哉！秋之为气也，萧瑟兮草木摇落而变衰！”的感叹。
蘋：一种浮萍，夏秋季节开花，白色。
遣情伤：让人伤感。遣，使得。
文期酒会：文人们饮酒赋诗的聚会。期，约。
几孤风月：辜负了多少美好的风光和景物。几，多少回。孤，通“辜”，辜负。风月，美好的风光景色。
屡变星霜：经过了很多年。星霜，斗转星移一年一变，每年都降霜，因称一星霜就是一年，代指岁月。
潇湘：湘江。这里代指所思念的人的住地。
暮天：傍晚。
空：白白地。
归航：返航的船。
黯：黯然伤神。
立尽斜阳：在傍晚站立，直到太阳落山。

【译文】

雨已经停了，云已经散了，我默默地靠着栏杆，望着秋天的光景。秋天的傍晚萧瑟冷清，堪比宋玉笔下的悲秋。风轻轻吹过，浮萍已经枯老，月光下露水寒冷，梧桐叶枯黄飘落。这番情景，不由得让人心生伤感。我的老朋友们不知道在哪里，只看得见这茫茫秋水烟气缥缈。

文人定期相约的诗文酒会如今想起来，还是历历在目难以忘怀。多少美景风光被辜负，多少星移霜露年年过。我们之间的距离隔着山高水长，不知道你现在在哪里。想那双双飞去的燕子，也无法靠它们传递信件。我想念朋友们，只能在傍晚时分，空望着天边的归船，哪个也不是。我默默伫立，黯然远望，听着斜阳中飞鸿的哀鸣声，直至夕阳西下。

【辑评】

俞陛云《唐五代两宋词选释》："水风"二句善状萧疏晚景，且引起下文离思。"情伤"以下至结句黯然魂消，可抵江淹《别赋》，令人增《蒹葭》怀友之思。

唐圭璋《唐宋词简释》：此首"望处"二字，统摄全篇。起言凭栏远望，"悄悄"二字，已含悲意。"晚景"二句，虚写晚景足悲。"水风"两对句，实写蘋老、梧黄之景。"遣情伤"三句，乃折到怀人之感。下片，极写心中之抑郁。"难忘"两句，回忆当年之乐。"几孤"句，言文酒之疏。"屡变"句，言经历之久。"海阔"两句，言隔离之远。"念双燕"两句，言思念之切。末句，与篇首相应。"立尽斜阳"，伫立之久可知，羁愁之深可知。

9. 玉蝴蝶 · 渐觉芳郊明媚

渐觉芳郊明媚，夜来膏雨，一洒尘埃。满目浅桃深杏，露染风裁。银塘静、鱼鳞簟展，烟岫翠、龟甲屏开。殷晴雷。云中鼓吹，游遍蓬莱。

徘徊。隼旟前后，三千珠履，十二金钗。雅俗熙熙，下车成宴尽春台。好雍容、东山妓女，堪笑傲、北海尊罍。且追陪。凤池归去，那更重来。

【注释】

渐觉：渐渐让人感觉到。
芳郊：京郊的景色。
明媚：鲜妍悦目。
膏雨：即春雨。古有谚语“春雨贵如油”，故称春雨为膏雨。膏：油脂。
银塘静：银白色的水塘非常安静。银塘，水塘在阳光照耀下泛着银光，故称银塘。
鱼鳞：形容水波的形状好像鱼鳞一样。
簟（diàn）展：展开竹席。
烟岫（xiù）：指云雾笼罩的山峰。
龟甲：指丘陵像龟背一样拱起。
殷晴雷：指鼓乐声如雷声一样洪亮。殷，象声词，震动的声音。
晴雷：晴天之雷。
蓬莱：仙山名。
隼旟（yú）：古代军队出征时打的旗子。
珠履：装饰有明珠的鞋子，指代豪门贵族。
尊罍（léi）：泛指酒器。罍：古代盛酒水用的器具。

【译文】

渐渐感觉到京城郊外的景色变得明媚起来，昨夜下了一场春雨，把尘埃都洗净了。放眼望去，满眼都是浅色的桃花和深色的杏花，它们好像被露水浸染过被春风裁剪过。银白色的池塘很安静，水波像鱼鳞一样铺开，青山被云雾笼罩，龟背一样的丘陵像孔雀开屏一样绚烂。鼓乐声阵阵像晴天的雷声一样滚滚响起，直冲云霄，我好像游遍了蓬莱岛一样的仙境。

有权贵的车驾经过，我徘徊在观看的人群里。看到权贵带了很多女子和文人，他们下车选了风景好的地方摆设宴席。权贵带来的妓女风姿雍容，他的风度堪比东晋谢安；陪酒之人十分善饮，堪比北海孔融。姑且追随他做个陪客吧，像他这样的高官，游览完了就会回到京城去，哪还会再来呢。

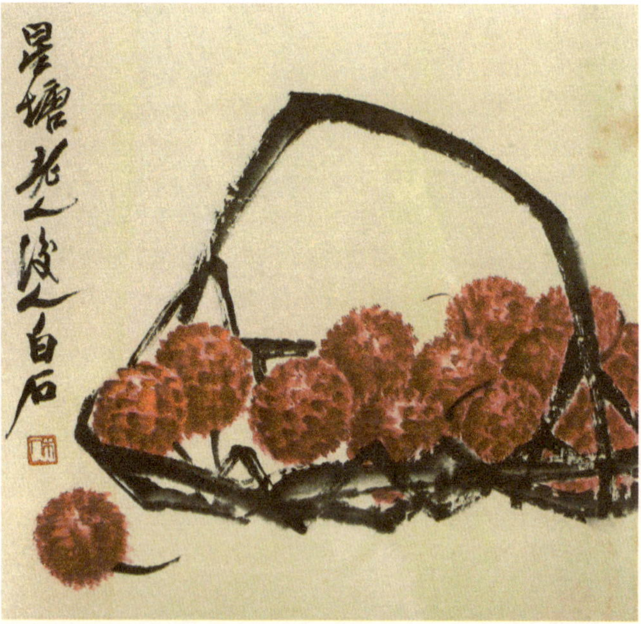

10. 玉蝴蝶·误入平康小巷

误入平康小巷，画檐深处，珠箔微褰。罗绮丛中，偶认旧识婵娟。翠眉开、娇横远岫，绿鬓亸、浓染春烟。忆情牵。粉墙曾恁，窥宋三年。

迁延。珊瑚筵上，亲持犀管，旋叠香笺。要索新词，殢人含笑立尊前。接新声、珠喉渐稳，想旧意、波脸增妍。苦留连。凤衾鸳枕，忍负良天。

【注释】

平康：唐代有妓女居住的平康里。
珠箔：珠帘。
褰（qiān）：打开。
婵娟：美人。
远岫：远山眉，形容女子眉毛好看。
亸：垂下来。
窥宋三年：典故出自宋玉《登徒子好色赋》。宋玉家东边的美女爱慕宋玉，从墙头偷偷窥视了宋玉三年。
迁延：逍遥自在。
珊瑚筵：豪华的宴会。
殢（tì）：纠缠。
尊前：酒杯前。指筵席。
留连：流连，不舍得走。
忍：怎忍。

【译文】

误入平康里小巷，走到了檐梁深处，微微掀开珠帘。穿着罗绮的美人群里，偶然认出我以前认识的美人。她开心笑着，眉毛如远山横在那里，头发垂下来，浓黑得仿佛被浓烟染过。回忆牵动了旧情。她曾像宋玉东墙的美女一样爱了我三年。

逍遥自在。在豪华的宴会上，亲自拿着犀牛角做的笔管，旋即叠放好纸笺。她想跟我索要新词，含笑站在酒席前缠着我。接着唱新曲，歌喉渐渐稳下来，想到旧日的情意，荡漾的脸庞上更添妍丽。苦苦流连不忍走。在绣着凤凰的被子里，绣着鸳鸯的枕头上，怎么忍心辜负这美好的日子。

11. 玉蝴蝶·是处小街斜巷

是处小街斜巷，烂游花馆，连醉瑶卮。选得芳容端丽，冠绝吴姬。绛唇轻、笑歌尽雅，莲步稳、举措皆奇。出屏帏。倚风情态，约素腰肢。

当时。绮罗丛里，知名虽久，识面何迟。见了千花万柳，比并不如伊。未同欢、寸心暗许，欲话别、纤手重携。结前期。美人才子，合是相知。

【注释】

是处：到处，处处。
烂游：纵情游览。
花馆：妓院。
瑶卮：玉质的酒杯。代指美酒。
举措：举止。
奇：特别。
倚风：形容女子体态轻盈好像随风摇摆。
约素：形容女子腰肢纤细得好像用白绢约束着。
何：多么。
比并：相比较。
结前期：约定以后见面的时间。前期，再次重聚的日子。
合是：应该是。

【译文】

到处都是小街斜巷，我在其中纵情游览妓院，喝得酩酊大醉。一位佳人美丽的面容端庄俏丽，美貌盖过吴地所有的美人。唇色浅浅，笑容歌声都优雅，走路如莲花轻稳，举止行为都十分特别。她从屏风帷帐后面出来，姿态轻盈好像倚风而动，腰肢纤细好像白绢约束出来的。

那时候，在美人群里，虽然早就知道她的名字，但迟迟没有见过面。见过众多美人，都觉得不如她。还没有一同欢爱，我就喜欢上了她，要告别的时候，重新牵起了她的手，约定以后见面的时间。就应该是才子佳人最相配相知。

12. 玉蝴蝶·淡荡素商行暮

淡荡素商行暮，远空雨歇，平野烟收。满目江山，堪助楚客冥搜。素光动、云涛涨晚，紫翠冷、霜巘横秋。景清幽。渚兰香谢，汀树红愁。

良俦。西风吹帽，东篱携酒，共结欢游。浅酌低吟，坐中俱是饮家流。对残晖、登临休叹，赏令节、酩酊方酬。且相留。眼前尤物，盏里忘忧。

【注释】

淡荡：淡泊。
素商：指秋天。来源于五行五音说，五行中秋配以金，其色白；五音中秋配以商音。
行暮：将要傍晚。
冥搜：搜访到幽远之地。
素光：秋光。
紫翠：下了霜之后的山的颜色。
良俦：良友。
吹帽：指登高聚会。典故出自《晋书》卷九十八《桓温列传·孟嘉》：九月九日，温燕龙山，僚佐毕集。时佐吏并著戎服，有风至，吹嘉帽堕落，嘉不之觉。温使左右勿言，欲观其举止。嘉良久如厕，温令取还之，命孙盛作文嘲嘉，著嘉坐处。嘉还见，即答之，其文甚美，四坐嗟叹。
饮家流：爱喝酒的人。
令节：佳节。
尤物：指美酒。

【译文】

秋天光景淡泊，快到傍晚了。天空高远，雨渐渐停了，平旷的原野烟气淡去。放眼望去，满目江山，让客居楚地的人可以去幽远之地搜访。秋光荡漾，傍晚的云变多了，山色变冷，山上结满了霜。景色清幽。小洲上的兰花香气凋零，枫树一片愁红。

约上好朋友。一起赏菊喝酒，共同欢乐畅游。座席中都是爱喝酒的人，在一起浅酌低吟。面对着落日余晖，登临高处时不要叹息，要用喝得酩酊大醉作为酬劳来答谢这佳节。还是留下吧。眼前的杯中酒，可以忘忧。

13. 昼夜乐·洞房记得初相遇

洞房记得初相遇。便只合、长相聚。何期小会幽欢，变作离情别绪。况值阑珊春色暮。对满目、乱花狂絮。直恐好风光，尽随伊归去。

一场寂寞凭谁诉。算前言、总轻负。早知恁地难拚，悔不当时留住。其奈风流端正外，更别有、系人心处。一日不思量，也攒眉千度。

【注释】

洞房：幽深的住室。后多用以指女子的闺阁。
只合：只应该。
小会：小聚会，指两个人的秘密相会。
幽欢：约会的欢乐。
阑珊：衰退，零落。
春色暮：即暮春时节，春天最后一段时间。
满目：满眼。
伊：为第三人称代词，此词的“伊”亦指男性。
凭谁诉：向谁倾诉。
前言：之前说过的话。
轻负：轻易地辜负了昨日的誓言。
恁地：如此，这样。
难拚（pàn）：形容非常难过。
别有：另外还有。
思量：想念。
攒眉：紧皱眉头。

【译文】

还记得在深深的内室里我们初次相遇，那时就只想永远在一起。谁知道短暂的约会，竟变成了离别前的难舍和离愁。又赶上在万物渐渐凋零的暮春时节，满眼望去都是凌乱的花朵乱飞的飘絮，心里想着恐怕这好风光，都随着他离去了。

满心的寂寞跟谁倾诉呢？想想之前的誓言，那么轻易地就辜负了。早知道伤心如此难挨，不如当时挽留住他。奈何他除了长得风流倜傥容貌端正，还有其他让人心动的地方。一天不想他，就眉头紧皱，更何况想他呢？

14. 昼夜乐·秀香家住桃花径

秀香家住桃花径。算神仙、才堪并。层波细翦明眸,腻玉圆搓素颈。爱把歌喉当筵逞。遏天边、乱云愁凝。言语似娇莺，一声声堪听。

洞房饮散帘帏静。拥香衾、欢心称。金炉麝袅青烟,凤帐烛摇红影。无限狂心乘酒兴。这欢娱、渐入嘉境。犹自怨邻鸡，道秋宵不永。

【注释】

算：料想，估计。
逞：炫耀。
帘帏：帘幕。
麝：麝香。
不永：不长。

【译文】

秀香家住在开满桃花的小路边。她的才华只有仙子才能比得上。明亮的眼睛里好像蕴含着层层潋滟的波浪，脖子好像细腻圆润的玉石搓成的。她喜欢在华丽的宴席上炫耀自己的歌喉。那歌声嘹亮得响彻天边，遏制行云。她说话的声音好像娇嫩的黄莺啼鸣，一声声十分动听。

喝完酒之后来到幽深的内室，帘帏里很安静。抱着香香的被子，觉得称心如意。金香炉里的麝香袅袅飘出青烟，烛火摇摆，绣着凤凰的帐子里映出红色的影子。趁着喝醉，仿佛有无限狂放的心情。这欢乐愉快渐渐变得更美好。我还是在埋怨邻家的鸡叫得那么早，秋天的夜晚怎么这么短。

15. 定风波·自春来

自春来、惨绿愁红，芳心是事可可。日上花梢，莺穿柳带，犹压香衾卧。暖酥消，腻云亸。终日厌厌倦梳裹。无那。恨薄情一去，音书无个。

早知恁么。悔当初、不把雕鞍锁。向鸡窗、只与蛮笺象管，拘束教吟课。镇相随，莫抛躲。针线闲拈伴伊坐。和我。免使年少，光阴虚过。

【注释】

芳心：女子的心情。
是事：事事，凡事。
可可：没什么要紧的；不在意。
暖酥：形容女子肌肤好。
腻云：形容女子的头发浓密乌黑。
厌厌：同“恹恹”，精神不振的样子。
无那：无可奈何。
恁么：这么。
鸡窗：指书斋或书房。语出《幽明录》：“晋兖州刺史沛国宋处宗尝得一长鸣鸡，爱养甚至，恒笼著窗间。鸡遂作人语，与处宗谈论极有言智，终日不辍。处宗因此言功大进。”（《艺文类聚·鸟部》卷九十一引）。
蛮笺象管：代指纸和笔。蛮笺，古时蜀地出产的彩色笺纸。象管，即象牙做的笔管。
镇：经常。
和：保证，许诺。

【译文】

自进入春天以来，见到那红花绿草也觉得入眼忧愁，我这一片芳心觉得什么事都没意思。太阳升到了花树的树梢上，黄莺在柳树林里穿梭飞行，我还抱着锦被躺在床上。肌肤消瘦，头发散乱，整天情绪恹恹懒得梳妆打扮。真没办法，只恨那薄情寡义之人一走了之，音讯也不来一个。

早知道是这样，我真后悔当初没把他的鞍马拴住。真该将他留住，每天可以在书斋里写字吟诗，寸步不离。我会和他一直在一起，不用担心被抛弃，也不用躲躲藏藏，手拿着针线陪伴在他的身边。答应我，千万别让青春年少光阴虚度。

【辑评】

张燕瑾《唐宋词选析》：柳永的身世处境，使他对处于社会下层的妓女的生活，有着很深的了解，对她们的思想感情也有着很深的了解。

艾治平《宋词的花朵——宋词名篇赏析》：这首词的语言生动地体现出柳永“俚词”的特点。柳永在语言上的“俚”和他“变旧声，作新声”，制作了大量的慢词一样，是他在词的发展上作出的贡献。

16. 定风波·伫立长堤

伫立长堤，淡荡晚风起。骤雨歇、极目萧疏，塞柳万株，掩映箭波千里。走舟车向此，人人奔名竞利。念荡子、终日驱驱，争觉乡关转迢递。

何意。绣阁轻抛，锦字难逢，等闲度岁。奈泛泛旅迹，厌厌病绪，迩来谙尽，宦游滋味。此情怀、纵写香笺，凭谁与寄。算孟光、争得知我，继日添憔悴。

【注释】

淡荡：和缓，恬静。多形容春天。
掩映：时隐时现。
箭波：水流得像飞箭那样快。
走舟车：水陆兼程。
驱驱：形容奔走漂泊的样子。
迢递：形容路途遥远。
等闲：寻常，普通。
泛泛：飘浮的样子。
迩来：自从那以来。
香笺：加多种香料制成的纸笺。
孟光：东汉贤士梁鸿的妻子。举案齐眉的典故说的就是这对夫妻的故事。孟光给在外打工的丈夫梁鸿送饭时，每次都把托盘举得跟眉毛一样高。

【译文】

长久地站在长长的堤坝上，晚风轻轻吹来。一阵急雨刚刚停下，举目望去，满眼萧索，唯有急急的水流掩映在无数柳树后面。人们乘船坐车争相来此，都是为了名利而奔走。想那到处游荡的浪子，整日奔走漂泊，怎么会察觉到离家乡越来越远了。

有什么意思呢。轻易地离开绣阁，书信很难收到，恍然间又过了一年。奈何旅途漂泊，情绪恹恹，最近越发觉得游宦做官的滋味真是受够了。这种心情，即使写在信纸上，又能寄给谁呢。就算是有孟光那样的妻子，又怎么能知道，我日复一日地增添憔悴呢。

17. 忆帝京·薄衾小枕凉天气

薄衾小枕凉天气。乍觉别离滋味。展转数寒更，起了还重睡。毕竟不成眠，一夜长如岁。

也拟待、却回征辔。又争奈、已成行计。万种思量，多方开解，只恁寂寞厌厌地。系我一生心，负你千行泪。

【注释】

薄衾（qīn）：薄被子。

小枕：稍微睡一会儿。

乍觉：突然间觉得。

展转：同“辗转”，翻来覆去。

数寒更（gēng）：数着寒夜的更点。

拟待：打算。

征辔（pèi）：辔，缰绳。代指远行的马。

争奈：怎奈。

行计：出行的计划。

只恁：只是这样。

【译文】

小睡之后，就因被子薄而被冻醒，突然觉得有种难以名状的离别滋味涌上心头。辗转反侧地细数着寒夜里那敲更声，起来了又重新睡下，反复折腾终究不能入眠，一夜如同一年那样漫长。

也曾打算勒马再返回，无奈，为了生计功名已动身上路，又怎么能就这样无功而回呢？千万次的思念，总是想尽多种方法加以开导，最后只能就这样寂寞无聊地不了了之。我将一生一世把你系在我心上，却辜负了你那流不尽的伤心泪！

【辑评】

刘熙载《艺概》：耆卿词细密而妥溜，明白而家常。

18. 少年游·长安古道马迟迟

长安古道马迟迟。高柳乱蝉嘶。夕阳岛外，秋风原上，目断四天垂。

归云一去无踪迹，何处是前期。狎兴生疏，酒徒萧索，不似少年时。

【注释】

迟迟：缓慢的样子。
嘶：一作“栖”。
岛：指河流中的小洲。
原上：乐游原上，在长安（今西安）东南。
目断：极目望到尽头。
四天垂：暮色四合。
归云：行云。这里比喻以前经历过，但现在却不可复返的一切。此句一作“归去一云无踪迹”。
前期：以前的期约或志愿心期。
狎兴：游览玩耍的兴致。狎，亲昵而轻佻。
酒徒：喝酒的伙伴。
萧索：冷清，萧条。
少年时：又作“去年时”。

【译文】

骑着马在长安古道上慢慢行走，高高的柳树上蝉声嘈杂。夕阳中小洲外，原野上的秋风吹起，我举目四望，天色渐渐暗下来。

云彩飘去不着踪影，去哪里寻找之前的欢乐约会？玩耍的兴致渐渐减退，喝酒的伙伴渐渐稀少，再也不能像青春年少的时候那样了。

19. 少年游・参差烟树灞陵桥

参差烟树灞陵桥。风物尽前朝。衰杨古柳，几经攀折，憔悴楚宫腰。

夕阳闲淡秋光老，离思满蘅皋。一曲阳关，断肠声尽，独自凭兰桡。

【注释】

灞陵桥：古代桥名，在长安城东（今陕西西安）。古人送行常见地点。
风物：风景风俗。
楚宫腰：这里用楚腰比喻柳树。
蘅皋(héng gāo)：长满蘅芜的水边高地。蘅，蘅芜，一种香草。
阳关：指的是《阳关三叠》，为古人送别之曲，源自王维的诗。
兰桡（ráo）：小船的美称。桡，船桨。

【译文】

灞陵桥边满是烟气笼罩的参差不齐的树，此处风物和前朝一样，折杨柳枝送给离别的人。杨柳衰败，几经攀折，如同楚腰一样尽显憔悴。

夕阳的光线淡淡，秋天的光景渐渐散去，离别的愁思像高地上长满的香草一样。奏起一曲《阳关三叠》，曲尽人肠断，独自靠在船上的栏杆上。

【辑评】

冯煦《宋六十一家词选例言》：状难状之景，达难达之情，而出之以自然。

20. 少年游・层波潋滟远山横

层波潋滟远山横。一笑一倾城。酒容红嫩，歌喉清丽，百媚坐中生。

墙头马上初相见，不准拟、恁多情。昨夜杯阑，洞房深处，特地快逢迎。

【注释】

层波潋滟：形容眼神动人。
远山：指眉毛。
准拟：料想，想到。
逢迎：迎接。

【译文】

眼睛里好像蕴含着层层潋滟的波浪，眉毛好似远山横在那里。笑一笑，就倾城。饮酒之后的面容红嫩，歌喉清丽，坐在那里就生出了千娇百媚。

墙头马上第一次相见，不曾想这样多情。昨天晚上思念得很，从幽深的内室深处，特意快步走出来迎接。

21. 少年游·世间尤物意中人

世间尤物意中人。轻细好腰身。香帏睡起，发妆酒酽，红脸杏花春。

娇多爱把齐纨扇，和笑掩朱唇。心性温柔，品流详雅，不称在风尘。

【注释】

发妆：化妆。
酒酽（yàn）：脸色如同喝过酒。
品流：品类流别。
详雅：安详雅正。

【译文】

我的意中人真是世间尤物。腰身轻巧纤细。从香帏中起床，开始化妆，脸色好像喝过酒，红润如春天的杏花。

她娇美可爱喜欢把玩纨扇，笑的时候，用扇子轻轻遮住朱唇。她心性温柔，品格安详雅正，不像沦落风尘的人。

22. 少年游·一生赢得是凄凉

一生赢得是凄凉。追前事、暗心伤。好天良夜，深屏香被，争忍便相忘。

王孙动是经年去，贪迷恋、有何长。万种千般，把伊情分，颠倒尽猜量。

【注释】

赢得：落得。
动：常常。
长：好处。
颠倒：反复。

【译文】

一生落得凄凉。追忆往事，暗自心伤。那样美好的夜晚，幽深的屏风后香香的被子里。怎么忍心忘记呢。

王孙公子常常是一去经年，迷恋这样的人有什么好处呢。对你的千万种感情，反复思量。

23. 雪梅香・景萧索

景萧索，危楼独立面晴空。动悲秋情绪，当时宋玉应同。渔市孤烟袅寒碧，水村残叶舞愁红。楚天阔，浪浸斜阳，千里溶溶。

临风。想佳丽，别后愁颜，镇敛眉峰。可惜当年，顿乖雨迹云踪。雅态妍姿正欢洽，落花流水忽西东。无憀恨、相思意，尽分付征鸿。

【注释】

“动悲秋”二句：源自宋玉《九辩》首句：“悲哉，秋之为气也。”后人常将悲秋情绪与宋玉相联系。
溶溶：水流的样子。
镇敛眉峰：眉头紧锁的样子。
雨迹云踪：男女欢爱。暗引巫山神女的典故。
无憀（liáo）恨：说不清的怨恨。憀，清楚明白。
分付征鸿：托付给征鸿，即凭书信相互问候。分付，同“吩咐”，嘱托、托付。

【译文】

秋天的景色萧瑟冷清，我独自站在高楼上看着晴朗的天空。心里不由产生的悲秋之感，想必和当年的宋玉是一样的。渔市那里升起的孤烟袅袅飘散更添一分寒冷，水边村庄稀疏的枯叶在风中飘舞透着一股愁思。楚地的天空宽广，水中的浪花拍打着落下的夕阳，一望无际，水天一色。

吹着风，想着美人，自从离别后，总是面带愁容，眉头紧皱。想起当年美好的情景，她姿态优美容颜俏丽，两人相谈甚欢，如今都像这流水一样各奔东西。此恨绵绵无绝期，只想将这份思念托付给远飞的大雁。

24. 戚氏·晚秋天

晚秋天。一霎微雨洒庭轩。槛菊萧疏，井梧零乱惹残烟。凄然。望江关。飞云黯淡夕阳间。当时宋玉悲感，向此临水与登山。远道迢递，行人凄楚，倦听陇水潺湲。正蝉吟败叶，蛩响衰草，相应喧喧。

孤馆度日如年。风露渐变，悄悄至更阑。长天净、绛河清浅，皓月婵娟。思绵绵。夜永对景，那堪屈指，暗想从前。未名未禄，绮陌红楼，往往经岁迁延。

帝里风光好，当年少日，暮宴朝欢。况有狂朋怪侣，遇当歌对酒竞留连。别来迅景如梭，旧游似梦，烟水程何限。念名利、憔悴长萦绊。追往事、空惨愁颜。漏箭移、稍觉轻寒。渐呜咽、画角数声残。对闲窗畔，停灯向晓，抱影无眠。

【注释】

戚氏：柳永所创词牌名，长调慢词，全词三叠，计 212 字，是北宋长调慢词中最长的，也可以称之为柳永词作的压轴之作。

一霎：一阵。

庭轩：院子里有敞开的窗户的亭阁。

槛菊：栏杆外的菊花。
井梧：古代庭院中多在井旁栽种梧桐树。源自唐薛涛《井梧吟》："庭除一古桐，耸干入云中。枝迎南北鸟，叶送往来风。"
江关：战国时楚地的关名。
陇水：河流名。
潺湲：水流缓慢的样子。
蛩（qióng）：蟋蟀。
更阑：天快要亮了。阑，将尽。
绛河：银河。天空又名绛霄，银河因此又名绛河。
婵娟：月光明媚。
绵绵：连续不断的样子。
夜永：夜长。
屈指：掐指去算。
绮陌：繁华的道路。
经岁：经年。
迁延：耽搁，羁留。
帝里：京都。
狂朋怪侣：狂放不羁性格狷傲的朋友。
竞：争相。
迅景：流逝得很快的光阴岁月。
程：路程。
萦绊：萦绕牵绊。
漏箭：古时计时工具漏壶中的指示刻度用的箭。
稍：渐渐。
画角：一种古代乐器。古代军队吹画角以作为作息的信号，一般在黄昏或者早晨吹。
停灯：熄灭灯火。

【译文】

这时正是秋天，一阵急雨洒向庭院中的亭阁。栅栏边的秋菊已经凋谢，井边的梧桐树已开始落叶飘零，周边一片烟气朦胧。眼前的景色一片凄凉，再看向远方的江关，晚霞黯淡，夕阳西下。当年的宋玉也一样有悲秋的感觉，也曾来到水边或者登上高山。路途遥远，行人凄楚，听着潺潺的水声感觉很累。而树上的蝉和枯草中的蟋蟀却在不停地叫着，互相应和着。

在驿馆里形单影只，度日如年。风更冷，露更重，不知不觉就天亮了。长天洗练，银河清浅，皓月明媚。思念绵绵不绝。漫漫长夜看着这样的景色更难以忍受，回想从前。那时还未有功名，出入繁华的青楼巷陌，年复一年耗费光阴。

帝都风光好，我不由想起年少时，每天参加宴饮。那时还有很多狷狂的朋友，遇到了就对酒当歌，让人流连忘返。自从离别后，光阴如梭，曾经的欢乐情景就好像梦一样，转回头看前方还是烟水迷蒙一片茫然。功名利禄让人长期憔悴。回忆往事白白添了许多愁绪。漏箭在移动，寒冷渐渐袭来，画角的呜呜声隐约飘来。闲坐在窗边，灭掉灯火，独自抱着自己的影子，无眠。

【辑评】

王灼《碧鸡漫志》：前辈云："《离骚》寂寞千载后，《戚氏》凄凉一曲终"。

25. 曲玉管·陇首云飞

陇首云飞，江边日晚，烟波满目凭阑久。一望关河，萧索千里清秋。忍凝眸。杳杳神京，盈盈仙子，别来锦字终难偶。断雁无凭，冉冉飞下汀洲。思悠悠。

暗想当初，有多少、幽欢佳会，岂知聚散难期，翻成雨恨云愁。阻追游。每登山临水，惹起平生心事，一场消黯，永日无言，却下层楼。

【注释】

陇首：地名，现今陕西宝鸡与甘肃交界处险塞。
忍：怎么能忍受。
杳（yǎo）杳：遥远。
神京：帝都，这里指汴京（今开封）。
盈盈：仪态美好的样子。
仙子：美女，这里指词人所爱的歌女。
锦字：又称织锦回文，指妻子寄给丈夫的信。典故源于《晋书·窦滔妻苏氏传》："窦滔妻苏氏，始平人也。名蕙，字若兰。善属文。滔，苻坚时为秦州刺史，被徙流沙。苏氏思之，织锦为回文旋图诗以赠滔，宛转循环以读之，词甚凄惋，凡八百四十字。"
难偶：难以相遇。
断雁：孤雁，这里指大雁未能顺利传信。
冉冉：缓慢飞行的样子。

悠悠：形容情意绵绵不绝。
翻成：反而成了。
雨恨云愁：形容因不得所爱而忧愁。
阻追游：追求所爱受到阻碍。
消黯：黯然销魂。
永日：整天。

【译文】

陇山之巅，彩云飘飞，江边日落，雾霭蒙蒙。我靠在栏杆上坐了很久，一眼望去，山河清冷，遍地秋景，实在心中不忍看。在那遥远的帝都，有美丽的仙子一样的佳人，自从离别就没有音讯。大雁未能将音讯带来，只是缓缓飞落在水中的小岛上，我的思念绵绵不绝。

心里暗暗想起以前的情景，有那么多美好的幽会，谁知道聚散无定，现今更添离愁别恨。我们见不到。每次登山临水，想起平生心事，都会黯然销魂，整天闷闷不乐，默默无言走下楼去。

26. 玉女摇仙佩·飞琼伴侣

飞琼伴侣，偶别珠宫，未返神仙行缀。取次梳妆，寻常言语，有得几多姝丽。拟把名花比。恐旁人笑我，谈何容易。细思算、奇葩艳卉，惟是深红浅白而已。争如这多情，占得人间，千娇百媚。

须信画堂绣阁，皓月清风，忍把光阴轻弃。自古及今，佳人才子，少得当年双关。且恁相偎倚。未消得、怜我多才多艺。愿奶奶、兰心蕙性，枕前言下，表余心意。为盟誓。今生断不孤鸳被。

【注释】

飞琼伴侣：与西王母身边的侍女许飞琼这样的仙女为伴。多指表演歌舞的女子。

珠宫：用珠宝装饰的宫殿，形容华丽。多指神仙住的地方。

行缀：指舞队行列。缀，联结。

取次梳妆：随意打扮。取次，随意随便。

几多：多少。

姝丽：美丽。

葩：花。

卉：草。

争如：怎如。

忍：不忍，怎忍。此句为问句。

当年：正值盛年。
双关：一作双美。
未消得：消不得，禁受不起。
怜：爱。
奶奶：古代对女主人的称呼。
兰心蕙性：形容女子品性如兰蕙般高洁。
言下：说话的时候，此刻。
断不：决不。
孤：辜负。

【译文】

这位佳人是仙女许飞琼的伙伴，偶然离开天上的仙宫，来到人间，没有返回到仙人的行列中去。打扮随意，话语寻常，却难掩她那天生的美丽。我想用花朵来比喻她，又怕旁人笑我，这样美丽的女子，做起比喻来谈何容易？仔细想想，那些花花草草，无非只是有深红浅白的单调颜色罢了，怎么能比得上眼前的佳人，集人间一切美丽于一身，那般千娇百媚。

在华美的楼阁闺房里，皓月当空，清风徐徐，怎能将这好时光轻易浪费掉。自古以来，难得才子佳人在人生最美的时候相遇。就这样相依相偎，也比不上爱我的才艺之情更深。愿你蕙质兰心，此刻我在枕前，表达我的心意。特此立誓，永不分离。

27. 安公子·远岸收残雨

远岸收残雨。雨残稍觉江天暮。拾翠汀洲人寂静，立双双鸥鹭。望几点、渔灯隐映蒹葭浦。停画桡、两两舟人语。道去程今夜，遥指前村烟树。

游宦成羁旅。短樯吟倚闲凝伫。万水千山迷远近，想乡关何处。自别后、风亭月榭孤欢聚。刚断肠、惹得离情苦。听杜宇声声，劝人不如归去。

【注释】

稍觉：稍稍开始感觉到。
拾翠：拾，拾取。翠，翠鸟的羽毛。这是古代女子出游时的一种游戏。
蒹葭（jiān jiā）：芦苇。
画桡：有彩绘的桨，泛指船桨。
游宦：宦游，远离家乡去外地求官或做官。
樯：桅杆。
乡关：家乡。
榭：建筑在高台上或水上的屋宇。
孤：少。
杜宇：杜鹃。

【译文】

向远远的对岸望去，雨渐渐停了。这才觉察到快到傍晚了。佳人们游玩过的水上小岛寂静无声，只有一双双鸥鹭站立着。透过蒹葭丛，隐约可见几点渔船的灯光。有人停下船桨在说话。他们在说：“今天晚上住在哪里？”其中一人伸手遥遥指着前面烟树边的村庄。

四处为官的人早已成了一直在路上的人。闲闲地靠着短短的桅杆凝神伫立。望着千山万水，不知远近，家乡在哪里呢。自从离别后，亭榭清冷人难聚。想到这里愁思涌上来，更增添了离情别绪。听那杜鹃的叫声声声在耳：不如归去，不如归去。

28. 安公子·梦觉清宵半

梦觉清宵半。悄然屈指听银箭。惟有床前残泪烛，啼红相伴。暗惹起、云愁雨恨情何限。从卧来、展转千馀遍。任数重鸳被，怎向孤眠不暖。

堪恨还堪叹。当初不合轻分散。及至厌厌独自个，却眼穿肠断。似恁地、深情密意如何拚。虽后约、的有于飞愿。奈片时难过，怎得如今便见。

【注释】

梦觉：梦醒。
清宵：清静的晚上。
银箭：古代计时工具漏壶中的装有银饰的箭。
啼红：蜡烛燃烧的烛泪。
云愁雨恨：暗用巫山云雨的典故，指的是夫妻之欢。
展转：同“辗转”，翻来覆去。
怎向：没办法，怎奈，奈何。
不合：不该。
眼穿肠断：形容思念之切。眼穿，犹言望眼欲穿。肠断，形容极度悲痛。
恁地：这样，这般。
拚：舍掉，放弃。
后约：约定以后见面的时间。
的（dí）有：的确有。
于飞：出自成语“凤凰于飞”，借喻夫妻感情和睦。
片时：片刻，一会儿。

【译文】

清静的半夜中惊醒。静静地细听，弯曲手指数着更漏的声音。床前的蜡烛即将燃尽，只有烛泪相伴。暗暗引起我无限的相思离别之情。躺在床上辗转反侧难以入眠。即使盖了好多鸳鸯被子还是不暖和，孤枕难眠。

可恨又可叹。当初一言不合就轻易地分开了。现在百无聊赖的自己，却望眼欲穿愁肠寸断。像这样的浓情蜜意如何舍掉？即使约定了以后见面的时间，奈何此刻难过，怎么才能马上就见到呢？

29. 安公子·长川波潋滟

长川波潋滟。楚乡淮岸迢递，一霎烟汀雨过，芳草青如染。

驱驱携书剑。当此好天好景，自觉多愁多病，行役心情厌。

望处旷野沈沈，暮云黯黯。行侵夜色，又是急桨投村店。认去程将近，舟子相呼，遥指渔灯一点。

【注释】

多愁多病：因忧愁而病弱。
行役：指因公务而跋涉在外，后泛指旅行。
行侵：将要接近。
舟子：船夫。

【译文】

长河波光潋滟。我在楚地淮河岸边，路途还很远，一时间烟气朦胧的小洲上下了一阵雨，芳草青翠得好像被染过颜色。携带着书和剑往前走。当此美好天气景色，自己觉得多愁多病，赶路的心情很厌烦。

举目望去，旷野沉沉，暮云昏暗低沉。快天黑了，急忙加快划桨投宿村店。辨认出村店快到了，船夫打招呼，遥遥给我指了指那亮起的一点渔灯。

30. 甘草子・秋尽

秋尽。叶翦红绡，砌菊遗金粉。雁字一行来，还有边庭信。

飘散露华清风紧。动翠幕、晓寒犹嫩。中酒残妆慵整顿。聚两眉离恨。

【注释】

砌：台阶。
边庭：边塞。
嫩：轻微。
中（zhòng）酒：喝醉酒身体不适。
整顿：梳妆整理。

【译文】

秋天就要结束了。叶子红得就像从红绡上剪下来的一样，台阶旁的菊花洒落黄色的花粉。大雁排成一字形飞来，带着来自边塞之地的书信。

秋风萧瑟，吹动露珠飘散，吹动翠色的帘幕，早晨还不是那么寒冷。喝醉酒身体不是很舒服，妆容已残，懒得打扮。两条眉毛因离愁别恨皱起来。

31. 甘草子・秋暮

秋暮。乱洒衰荷，颗颗真珠雨。雨过月华生，冷彻鸳鸯浦。

池上凭阑愁无侣。奈此个、单栖情绪。却傍金笼共鹦鹉。念粉郎言语。

【注释】

真珠雨：像珍珠一样的雨滴。真珠，同“珍珠”。
月华：月光或月光衍射到附近云层上的彩色光晕。
彻：彻底。
鸳鸯浦：浦，水边或江河入海口。这里指水池。比喻美色荟萃之所。
单栖：孤单地停留，独自住宿。
情绪：感觉，情感。
傍：靠近。
共：在一起。
念：道白，说。
粉郎：在这里指所思之人。粉郎指的是何晏，三国魏玄学家。汉大将军何进的孙子。曹操纳晏母为妾，晏被收养，曹操很喜爱他。年少时很有才学，喜好老庄，仪态美好而喜欢敷粉，“行步顾影”，人称“傅粉何郎”。

【译文】

秋天的傍晚，一阵乱雨洒向衰残的荷塘，雨点滴滴像珍珠。雨过天晴，月华升起，水塘却冷得厉害。

我靠在池边的栏杆上，忧愁无人陪伴。这样孤单的感觉可怎么办。只能靠在笼子旁边逗弄鹦鹉，向它倾诉对心上郎君的思念。

【辑评】

彭孙《金粟词话》云：柳耆卿“却傍金笼共鹦鹉，念粉郎言语”，《花间》之丽句也。

32. 归朝欢·别岸扁舟三两只

别岸扁舟三两只。葭苇萧萧风淅淅。沙汀宿雁破烟飞，溪桥残月和霜白。渐渐分曙色。路遥山远多行役。往来人，只轮双桨，尽是利名客。

一望乡关烟水隔。转觉归心生羽翼。愁云恨雨两牵萦，新春残腊相催逼。岁华都瞬息。浪萍风梗诚何益。归去来，玉楼深处，有个人相忆。

【注释】

归朝欢：词牌名，柳永自制曲，《乐章集》注“双调”。双调 104 字，上下片各九句六仄韵。
别岸：远离岸边。
淅淅：风的声音。
沙汀：水中沙洲。
破烟：穿过烟雾。
只轮双桨：代指坐车乘船。轮，代指马车。桨，代指船只。
利名客：热衷追求功名的人。语出辛弃疾《霜天晓角·暮山层碧》：“一叶软红深处，应不是，利名客。”
一望：一眼望去。
归心：归家的心思。语出梅尧臣《送李庭老归河阳》：“五月驰乘车，归心岂畏暑？”
愁云恨雨：指色彩惨淡，容易引起愁思的云雨。
牵萦：牵绊萦绕。
残腊：腊月快过完的时候。

岁华：年华。
浪萍风梗：浪中的浮萍，风中的断梗。形容漂泊不定。
归去来：赶紧回去吧。
玉楼：华美的楼，本指神仙住的地方，此处指妻子的住处。

【译文】

岸边有两三只小船驶离，稀疏的芦苇在淅淅的风中摆动。水中沙洲上居住的大雁从烟气中冲飞出来，残月照在溪桥上，惨白的光线和周围的白霜融为一体。曙光渐渐出现了。远远的路上来来往往的多是旅人。这些人或者坐船或者坐车，都是为了去追求名利。

一眼向家乡望去，却隔着迷蒙的烟水。突然间回家的心思如此强烈，好像恨不得生出翅膀来马上就回去。惨淡的云雨惹人愁思，牵挂着两个地方，新春过去，腊月将尽，光阴就这样催促着。年华转眼老去。像水中浮萍和风中断梗一样漂泊不定，又有什么好处呢。还是回去吧，在那玉楼里，有一个人正在想念我。

33. 迷仙引・才过笄年

才过笄年，初绾云鬟，便学歌舞。席上尊前，王孙随分相许。算等闲、酬一笑，便千金慵觑。常只恐、容易蕣华偷换，光阴虚度。

已受君恩顾。好与花为主。万里丹霄，何妨携手同归去。永弃却、烟花伴侣。免教人见妾，朝云暮雨。

【注释】

笄（jī）年：十五岁。笄：簪子。古代女子在十五岁的时候举行戴笄的成年礼，及笄表示已经成年。

绾（wǎn）：把头发盘起来。

云鬟（huán）：高高的环形发髻。

随分：随便，随意。

慵觑（yōng qù）：懒得看，不屑一顾。

蕣（shùn）华：即木槿花，早晨开放傍晚凋谢。这里指女子的容颜、青春年华，就像花朵一样朝开暮谢，虽美丽却不长久。

君：指这位歌伎恩遇的倾吐对象。

花：喻青春貌美的歌伎。

丹霄：红霞满天的天空。

烟花伴侣：青楼卖唱的姐妹。

朝云暮雨：典故出自宋玉《高唐赋》。这里比喻歌伎的卖唱生涯中的爱情不长久。

【译文】

刚满十五岁不久，刚绾起头发，就开始学习歌舞。酒席上酒杯前，随意地应付王孙公子。要是在平时，即使给我千金，也懒得笑一个。我只是害怕，怕青春年华转瞬消逝，光阴似箭留不住。

如今承蒙恩宠，要好好为我做主。万里晴空，红霞满天，不如携手一同归去。永远抛却那些烟花伴侣，免得叫人看见我，说我朝云暮雨。

34. 浪淘沙慢·梦觉

梦觉、透窗风一线，寒灯吹息。那堪酒醒，又闻空阶，夜雨频滴。嗟因循久作天涯客。负佳人、几许盟言，便忍把、从前欢会，陡顿翻成忧戚。

愁极。再三追思，洞房深处，几度饮散歌阑，香暖鸳鸯被，岂暂时疏散，费伊心力。殢云尤雨，有万般千种相怜相惜。

恰到如今，天长漏永，无端自家疏隔。知何时、却拥秦云态，原低帏昵枕，轻轻细说与，江乡夜夜，数寒更思忆。

【注释】

浪淘沙慢：柳永所创的调。
因循：迟延拖拉。
陡顿：突然之间。
疏散：分开。
殢云尤雨：男女欢情。殢，缠绵，迷恋。尤，欢乐、相恋。
无端：无缘故。
疏隔：疏远，阻隔。
秦云：秦，秦楼，指青楼。形容男女欢爱。
低帏：放下帏帐。
昵：亲近，亲昵。

【译文】

一觉醒来，一丝寒风透过窗户吹进来，吹灭了灯。清醒后本来就难以忍受凄凉，更何况还听着外面的夜雨滴在台阶上。感慨我几经辗转，一直在异乡漂泊。辜负了佳人，多少誓言成了空，又怎忍将以前的欢会变成忧伤悲戚。

忧愁极了，再三回忆，想当初在那洞房里，多少次开怀畅饮欢歌笑语，在香暖的鸳鸯被中玩闹。岂知暂时分开，就耗费她许多心力。恩爱异常，万种柔情，千般亲密，我们俩相爱相珍惜。

看看现在，漫漫长夜滴漏声响，无端地两地分离。不知道什么时候，才可以重新拥抱着你？希望到那时候，放下帷帐，亲昵地依偎在枕边，轻声细语诉说给你听。在这寒冷的江边，我夜夜难眠，数着更声，思念着你。

35. 采莲令·月华收

月华收，云淡霜天曙。西征客、此时情苦。翠娥执手送临岐，轧轧开朱户。千娇面、盈盈伫立，无言有泪，断肠争忍回顾。

一叶兰舟，便恁急桨凌波去。贪行色、岂知离绪。万般方寸，但饮恨，脉脉同谁语。更回首、重城不见，寒江天外，隐隐两三烟树。

【注释】

月华收：指月亮落下，天快亮了。
翠娥：女子美丽的眉毛，泛指美女。
临岐：岔路口。古人送别经常送到路口，因此快分别的时候称为临岐。
轧轧：门轴转动的声音。
争忍：怎忍。
方寸：心情。
脉脉：饱含感情的样子。

【译文】

天快亮了，云渐渐淡去，地上有霜，曙光即将来临。将要去西方的人，此刻心里最苦。美人打开朱红色的大门，握着我的手送我到岔路口。娇美的容颜，盈盈地站在那，默默不语，眼泪无声地流下来，这般愁肠难断，我不忍心回头看。

我乘坐的小舟，随着水波急急漂远。我走的时候行色匆匆，哪知道，离愁别绪袭上心头是这般难受。我心头难受，又能对谁倾诉呢？再回头看的时候，已经看不到重重城池，只看见天边外寒江边，隐约有几棵树罢了。

【辑评】

唐圭璋《唐宋词简释》：此首，初点月收天曙之景色，次言客心临别之凄楚。“翠娥”以下，皆送行人之情态。执手劳劳，开户轧轧，无言有泪，记事既生动，写情亦逼真。“断肠”一句，写尽两面依依之情。换头，写别后舟行之速。“万般”两句，写别后心中之恨。“更回首”三句，以远景作收，笔力千钧。上片之末言回顾，谓人。此则谓舟行已远，不独人不见，即城亦不见，但见烟树隐隐而已。一顾再顾，总见步步留恋之深。屈子云：“过夏首而西浮兮，顾龙门而不见。”收处仿佛似之。

《唐宋词鉴赏集》：况周颐《蕙风词话》云：“盖写景与言情，非二事也。善言情者，但写景而情在其中，此等境界，惟北宋人词往往有之。”从这首词的结句很可以看出这一特点，它在情景交融方面，的确达到了很高的境界，在这一点上，也可以说它“高处不减唐人”。

36. 斗百花 · 满搦宫腰纤细

满搦宫腰纤细。年纪方当笄岁。刚被风流沾惹，与合垂杨双髻。初学严妆，如描似削身材，怯雨羞云情意。举措多娇媚。

争奈心性，未会先怜佳婿。长是夜深，不肯便入鸳被。与解罗裳，盈盈背立银釭，却道你但先睡。

【注释】

满搦（nuò）：一把可以握持。
宫腰：古代女子以腰肢纤细为美，源于楚王好细腰。
方：才，刚刚。
垂杨双髻（jì）：古代未成年女子的发型。
婿：此指丈夫。
长是：经常是。
银釭：银白色的烛台，指灯盏。

【译文】

腰肢纤细一手就可握住，刚刚过了及笄的年纪。不解风情的她刚刚出嫁，垂杨双髻梳成了云髻。刚学会画严肃的妆容，身材像用笔画出来用刀削出来似的，想到男欢女爱就流露出羞怯的情意。举止实在是娇美可爱。

可惜的是心性尚小，还没有学会怜惜丈夫。经常是到了深夜，也不肯入鸳鸯被睡觉。丈夫要为她解衣服，她却羞怯地背对着灯盏，说："你先睡吧。"

37. 秋夜月・当初聚散

当初聚散。便唤作、无由再逢伊面。近日来，不期而会重欢宴。向尊前，闲暇里，敛著眉儿长叹。惹起旧愁无限。

盈盈泪眼。漫向我耳边，作万般幽怨。奈你自家心下，有事难见。待信真个，恁别无萦绊。不免收心，共伊长远。

【注释】

聚散：离开。
伊：你。

【译文】

当初离别的时候，就说过，没机会再见到你。近日来，我们不期而遇又在一起欢乐畅饮了。闲暇时，喝着酒，你皱着眉头叹着气，又想起了以前的忧愁之事。

满眼含泪，在我耳边幽怨地诉说着。无奈的是，我自己也身不由己，没办法一直陪着你。你相信我，等我没有羁绊的时候，自然就会安心和你永远在一起。

38. 夜半乐·冻云黯淡天气

冻云黯淡天气，扁舟一叶，乘兴离江渚。渡万壑千岩，越溪深处。怒涛渐息，樵风乍起，更闻商旅相呼，片帆高举。泛画鹢、翩翩过南浦。

望中酒旆闪闪，一簇烟村，数行霜树。残日下、渔人鸣榔归去。败荷零落，衰杨掩映，岸边两两三三，浣沙游女。避行客、含羞笑相语。

到此因念，绣阁轻抛，浪萍难驻。叹后约、丁宁竟何据。惨离怀、空恨岁晚归期阻。凝泪眼、杳杳神京路。断鸿声远长天暮。

【注释】

冻云：寒冷的冬天聚积起来的显得浓重的云。
江渚：江边。渚，水中沙洲。
万壑千岩：千山万水。
越溪：泛指越地的小溪河流。
樵风：顺风。
画鹢（yì）：画着鹢鸟图案的船。鹢，古书上记载的一种水鸟，不畏风暴，飞行能力很强。船上画这种鸟，取乘风破浪的吉利之意。
南浦：南面的水边。后常用称送别之地。

望中：在视野里。
酒旆：酒店门口的旗子。
一簇烟村：一处冒着炊烟的村庄。
鸣榔：船夫捕鱼时敲击木棒使鱼受惊入网，或唱歌时击打节拍。
因：于是，就。
丁宁：同“叮咛”，叮嘱。
空：徒劳。

【译文】

天气黯淡，浓云笼罩，我乘着小船兴趣盎然地离开江边。渡过千山万水，走到了越溪深处。这里怒涛渐渐平息，突然起风了，还听到商人旅客们在互相打招呼。升起船帆，划着船顺着河流翩翩而下到水边。

远远看去，酒馆门前的酒旗飘舞，一处村落升起袅袅炊烟，村边还有几棵结霜的树。夕阳西下，船夫敲打着船舷唱着歌归去。荷塘残败，池边杨树枯萎凋零，岸边还有三三两两的浣纱女子。她们含羞带怯地说着话，躲避着行人。

到了这里，勾起了我的想念，那般轻易地抛却了偎红倚翠的生活，过成现在这样如浮萍般漂泊不定的日子。不由得感慨，约定以后见面的日子不知道何时才能实现啊。离别情怀是凄惨的，只能空恨年终岁晚，归期难以顺利确定。满眼含泪地望着那遥远的帝都，听高远的天空中暮色里孤雁的声声哀鸣。

39. 木兰花慢·拆桐花烂漫

拆桐花烂漫，乍疏雨、洗清明。正艳杏烧林，缃桃绣野，芳景如屏。倾城。尽寻胜去，骤雕鞍绀幰出郊坰。风暖繁弦脆管，万家竞奏新声。

盈盈。斗草踏青。人艳冶、递逢迎。向路傍往往，遗簪堕珥，珠翠纵横。欢情。对佳丽地，信金罍罄竭玉山倾。拚却明朝永日，画堂一枕春酲。

【注释】

烂漫：色彩鲜丽。
缃桃：一种桃树，结浅红色果子。
绀（gàn）幰（xiǎn）：红青色的车上帷幔。
郊坰（jiōng）：郊外。
艳冶：艳丽，妖冶。
递：驿车，驿马。
往往：处处。
珥（ěr）：古代珠玉做成的耳饰。
珠翠：古代女子的饰物，代指美人。
信：任凭。
玉山倾：醉倒。玉山，喻男子仪容之美。
永：长，兼指时间或空间。
酲（chéng）：酒后不清醒。

【译文】

桐树花开烂漫，突然下起一阵稀疏的雨点，把清明时节的天气洗得干净。艳丽的杏树成片成片仿佛燃烧的火焰，浅红色的桃树装点着漫山遍野，这样美丽的景色就好像屏风一样。人们倾城出动。去寻找胜景，人们骑马坐车去郊外。和暖的微风中传来繁复清脆的管弦乐声，家家户户演奏出新颖的音乐。

佳人们盈盈站立，斗草踏青。艳丽的歌女们来往逢迎。路旁到处可见纵情宴饮的人，放浪形骸，遗簪坠珥，美人纵横。真是太开怀了。面对这么多佳人，陶醉得喝多了。拼着明天一整天在画堂醉酒不醒，今日也要一醉方休。

40. 木兰花慢·古繁华茂苑

古繁华茂苑，是当日、帝王州。咏人物鲜明，土风细腻，曾美诗流。寻幽。近香径处，聚莲娃钓叟簇汀洲。晴景吴波练静，万家绿水朱楼。

凝旒。乃眷东南，思共理、命贤侯。继梦得文章，乐天惠爱，布政优优。鳌头。况虚位久，遇名都胜景阻淹留。赢得兰堂酝酒，画船携妓欢游。

【注释】

当日：当年。
土风：地方风俗。
细腻：柔和温婉。
香径：地名。位于江苏苏州。据说得名于吴王夫差曾派遣美人来此采花。
吴波：吴地的河流。
凝旒（liú）：皇帝在深思。旒，帝王冠冕前后的珠串。
共理：无为而治。
梦得：刘梦得，即刘禹锡，曾为苏州刺史。
乐天：白乐天，即白居易，曾为苏杭二州刺史。
惠爱：仁爱。
优优：和平，宽仁。
鳌头：古代称中状元为独占鳌头。
淹留：停留，滞留。
酝酒：酿酒。这里指饮酒。

【译文】

这里是古代繁华茂盛的园林，当年帝王曾建都于此。这里人情风物新鲜明朗，地方风俗柔和温婉，曾经有很多优美的诗句流传。寻访幽深之地。离采香径不远的地方，小洲边聚集了很多采莲的人和钓鱼的老翁。晴天的时候，吴地的河流澄净如练。家家户户被碧水环绕，都是红色的高门大户。

皇帝深思熟虑。于是眷顾东南，任命贤明的官员而来。君继承了刘禹锡和白居易在苏州的仁德之政，广施仁政；君中了状元独占鳌头。更何况这个位置空待已久，君遇到名城胜景就停下来驻留，受到接待，在兰堂里饮酒，带着美人坐船游玩。

41. 木兰花慢·倚危楼伫立

倚危楼伫立，乍萧索、晚晴初。渐素景衰残，风砧韵响，霜树红疏。云衢。见新雁过，奈佳人自别阻音书。空遣悲秋念远，寸肠万恨萦纡。

皇都。暗想欢游，成往事、动欷歔。念对酒当歌，低帏并枕，翻恁轻孤。归途。纵凝望处，但斜阳暮霭满平芜。赢得无言悄悄，凭阑尽日踟蹰。

【注释】

素景：秋景。
风砧（zhēn）韵响：风中传来有节奏的捣衣声。砧，捣衣石。
云衢（qú）：天空。
遣：排遣。
萦纡：曲折萦绕。
皇都：指北宋都城汴京。
欷歔（xī xū）：叹息，抽泣。
翻恁：反而这样。
纵：纵目。
但：只。
平芜（wú）：长满草的平地。
尽日：整日。
踟蹰：徘徊。

【译文】

靠在高楼上独自站着，天气突然变得萧索冷清，晚上刚刚放晴。渐渐地秋天的景象衰败残破，风中传来有节奏的捣衣声，稀疏的经霜的树叶变红了。天空中新来的大雁飞过，奈何自从分别后就没收到过佳人的音信。空自排遣悲秋的情绪，思念着远方的人，心里充满了遗憾、后悔。

暗自想起在帝都时欢乐的游玩，都成了往事，不禁有些欷歔。怀念对酒当歌，同床共枕的日子，现在反而都这样轻易辜负了。纵目凝望回家的路，只见斜阳照耀下，平坦的草地上暮霭沉沉。落得默默无言，整日靠着栏杆徘徊。

42. 倾杯·鹜落霜洲

鹜落霜洲，雁横烟渚，分明画出秋色。暮雨乍歇。小楫夜泊，宿苇村山驿。何人月下临风处，起一声羌笛。离愁万绪，闲岸草、切切蛩吟如织。

为忆。芳容别后，水遥山远，何计凭鳞翼。想绣阁深沈，争知憔悴损，天涯行客。楚峡云归，高阳人散，寂寞狂踪迹。望京国。空目断、远峰凝碧。

【注释】

鹜（wù）：野鸭。
烟渚：笼罩着雾气的水中沙洲。
小楫：小船。楫，船桨，此处代指船。
苇村山驿：指僻野的村庄驿站。苇、山，僻野。
切切：蟋蟀的叫声。
鳞翼：代指可以传送书信的鱼和雁。
损：表程度，意为极。
楚峡：巫峡。
高阳：指“高阳酒徒”。《史记·郦生陆贾列传》：“郦生食其者，陈留高阳人也……沛公引兵过陈留，郦生踵军门上谒曰：‘高阳贱民郦食其，窃闻沛公暴露，将兵助楚讨不义，敬劳从者，愿得望见，口画天下便事。’使者入通，沛公方洗，问使者曰：'何如人也？'使者对曰：'状貌类大儒，衣儒衣，冠侧注。'沛公曰：'为我谢之，言我方以天下为事，未暇见儒人也。'使者出谢曰：'沛公敬谢先生，方以天下为事，未暇见儒人也。'郦生瞋目案剑叱使者曰：'走！复入言沛公，吾高阳酒徒也，非儒人也。'"后用以指代酒徒。

京国：帝都。

【译文】

野鸭降落在落霜的小洲上，大雁飞过烟气弥漫的小岛，这构成了一幅清晰的秋景图。傍晚的雨刚刚停了，天渐渐黑了，小船停靠在岸边，住在僻野的村庄里。是什么人迎风站在月光下，吹起一管羌笛？千万种离愁别绪涌上心头，只听见岸边草丛里的蟋蟀在切切鸣叫。

自从离别之后，思念佳人，山水遥远，如何才能让鱼雁带去消息。想那幽深绣阁里的人儿，怎么能知道远在天涯的行客是怎样的憔悴不堪。巫峡幽会已逝去，高阳酒徒也散去，只有满心的寂寞和狂放的行为。向帝都的方向望去，只能看到远处浓绿的山峰。

43. 倾杯·金风淡荡

金风淡荡，渐秋光老、清宵永。小院新晴天气，轻烟乍敛，皓月当轩练净。对千里寒光，念幽期阻，当残景。早是多愁多病。那堪细把，旧约前欢重省。

最苦碧云信断，仙乡路杳，归雁难倩。每高歌、强遣离怀，奈惨咽、翻成心耿耿。漏残露冷。空赢得、悄悄无言，愁绪终难整。又是立尽，梧桐碎影。

【注释】

金风：秋风。
渐秋光老：即“秋光渐老”，秋意渐渐浓了。
当轩：面对着长廊。
千里寒光：一洒千里的月光。寒光，清冷的月光。
幽期：幽会的日期。
前欢：以前与故人欢乐聚会的情景。
省：回想。
碧云：形容很远。
仙乡：仙人居住的地方。这里借指所思之人的居处。
路杳：路途遥远。
倩：请。
高歌：登高歌唱。
惨咽：悲惨得说不出话。

耿耿：心中放不下的样子。
漏残：计时漏壶的水将滴尽，黑夜即将过去。
难整：难以整理。

【译文】

秋风轻轻吹来，秋意渐浓，清静的夜晚越发长了。小院里天气晴好，淡淡的雾气刚刚散去，长廊外皓月当空，月光练净。面对着这千里月光，看着这样残败的景象，想到幽会的日期受阻，心里早已是忧愁一片，身体也多病的我，哪里能承受回想以前的盟誓和约会带来的欢乐。

最难过的是，远方音讯全无，相隔路途遥远，连大雁都无法送到。每每登高歌唱，勉强排遣下内心的离愁别恨，怎奈心里还是放不下，以至于哽咽得说不出话来。夜深露重。只剩下默默无言，愁绪纷乱。又是久久地站立，只看到梧桐投下的碎影。

44. 倾杯·离宴殷勤

离宴殷勤，兰舟凝滞，看看送行南浦。情知道世上，难使皓月长圆，彩云镇聚。算人生、悲莫悲于轻别，最苦正欢娱，便分鸳侣。泪流琼脸，梨花一枝春带雨。

惨黛蛾、盈盈无绪。共黯然消魂，重携素手，话别临行，犹自再三、问道君须去。频耳畔低语。知多少、他日深盟，平生丹素。从今尽把凭鳞羽。

【注释】

离宴：送行的宴席。
殷勤：指殷殷叮嘱。
看看：眼前，转眼就。
情知道：明知道。
彩云：借指情人远去。
镇聚：长聚。
轻别：轻易分离，动辄即离别。
琼：琼玉，形容肤色白嫩。
盈盈：形容泪水晶莹。
丹素：真诚的心。
把凭：将其托付给。
鳞羽：指鱼雁传送书信。

【译文】

送行宴上殷殷叮嘱，待发的小船不忍离去，转眼就到了送行的水边。明知道这世上，月亮不会永远是圆的，彩云不会永远聚在一起。算算这人生，最悲伤的莫过于动辄就离别，最痛苦的莫过于一对热恋中的情侣马上就要分离。泪水在琼玉般的脸庞流淌，她就好像一枝含春带雨的梨花。

她皱着眉头，眼含盈盈泪水默默不语。我们一块体验着黯然销魂的滋味，重新拉着手，临走话别时，她还再三问我：你一定得去吗？多少次耳边低语。以后，不管有多少誓约，也不管心意多么真诚，从今后都只能靠鱼雁来传送了。

45. 倾杯·冻水消痕

冻水消痕，晓风生暖，春满东郊道。迟迟淑景，烟和露润，偏染长堤芳草。断鸿隐隐归飞，江天杳杳。遥山变色，妆眉淡扫。目极千里，闲倚危楼迥眺。

动几许、伤春怀抱。念何处、韶阳偏早。想帝里看看，名园芳榭，烂漫莺花好。追思往昔年少。继日恁、把酒听歌，量金买笑。别后暗负，光阴多少。

【注释】

冻水：冰冷的水。
消痕：融化的痕迹。
东郊：京城东边的郊野。
迟迟：天气舒和的样子。
淑景：春天的光影。景，通“影”。
断鸿：孤雁。
迥眺：向远处眺望。
韶阳：春光。
莺花：黄莺啼叫，花朵盛开，泛指春天的景物。
继日恁：天天这样。
量金：用量器计量黄金，喻不惜重价。
买笑：指狎妓。

【译文】

冰雪融化，江水消融，早晨的风开始变得温暖，东边郊外的路上布满春意。春天阳光和暖，烟气清淡，露水莹润，尽染长堤上的芳草。孤单的大雁往回飞，江水和天边远远地连在一起。远远看去，山变了颜色，好像蛾眉淡扫。我斜靠在高楼上极目远眺。

春天的光景引起了我的伤怀。想一想哪里的春天来得更早一些。相比帝都有名的花园台榭中，花已经开得很好，黄莺在飞了。追忆往昔青春年少的时候，整天像这样把酒言欢，听歌买笑。自从分别以后，才暗暗思量辜负了多少美好光阴啊。

46. 倾杯・水乡天气

水乡天气，洒蒹葭、露结寒生早。客馆更堪秋杪。空阶下、木叶飘零，飒飒声干，狂风乱扫。当无绪、人静酒初醒，天外征鸿，知送谁家归信，穿云悲叫。

蛩响幽窗，鼠窥寒砚，一点银釭闲照。梦枕频惊，愁衾半拥，万里归心悄悄。往事追思多少。赢得空使方寸挠。断不成眠，此夜厌厌，就中难晓。

【注释】

秋杪（miǎo）：深秋。
声干：枯叶落地的声音干涩。
悄悄：忧愁的样子。
厌厌：安静的样子。
就中：内里。这里指的是漫漫长夜。

【译文】

水乡的天气，芦苇洒落，露水凝结，寒意早早地就生起来了。旅客居住的驿馆比深秋还冷清。空空的台阶下，树叶飘零，飒飒秋风狂吹乱扫，吹落枯叶。心里没什么情绪，喝醉后刚刚醒来，人声寂静。天外的鸿雁，不知道在给谁家送音信，穿过云层，叫声悲凉。

蟋蟀在幽静的窗外叫，老鼠偷偷窥视寒冷的砚台，一盏银灯在点燃着。枕在枕头上频频惊醒，半拥着被子满是忧愁，回家的心里充满了忧愁。回想多少往事。徒然使心乱。肯定睡不着了，长夜漫漫，难见到黎明。

47. 鹧鸪天·吹破残烟入夜风

吹破残烟入夜风。一轩明月上帘栊。因惊路远人还远，纵得心同寝未同。

情脉脉，意忡忡。碧云归去认无踪。只应曾向前生里，爱把鸳鸯两处笼。

【注释】

帘栊（lóng）：窗帘和窗户。
忡忡：忧心不安。

【译文】

夜晚的风徐徐吹来，吹散了残存的烟气。窗户上渐渐升起一轮明月。路途遥远让人担心，但更让人担心的是心意不合，即使心意相通，也不能在一起相处。

含情脉脉，忧心忡忡。碧空中的云彩再回去恐怕也不认识归路了。只因在前生，喜欢把鸳鸯养在两个笼子里。

48. 尾犯·夜雨滴空阶

夜雨滴空阶，孤馆梦回，情绪萧索。一片闲愁，想丹青难貌。秋渐老、蛩声正苦，夜将阑、灯花旋落。最无端处，总把良宵，只恁孤眠却。

佳人应怪我，别后寡信轻诺。记得当初，翦香云为约。甚时向、幽闺深处，按新词、流霞共酌。再同欢笑，肯把金玉珠珍博。

【注释】

闲愁：因无所事事而引发的忧愁。
貌：描绘，形容。
秋渐老：渐渐秋深的意思。
无端：无聊，没有情绪。
寡信轻诺：随便许诺，很少讲信用。随便用语言欺骗的意思。
翦香云：剪下一绺头发。古代女子会剪发以赠即将离别的心上人。翦，同“剪”。香云，指女子的头发。
甚时向：什么时候。向，语助词。
按新词：按照声律创作新词。
流霞：天上神仙饮用的美酒。
博：博得，换取。

【译文】

夜晚雨滴掉落在窗外的台阶上，在驿馆里我孤单一人，从梦中醒来，心里感觉很萧索凄凉。这一种闲愁，难以用丹青画出来。秋意渐浓，蟋蟀的叫声越发显得悲苦，暗夜将过，灯花燃尽。最无聊的就是如此良辰，却孤枕难眠。

佳人应该会责怪我，离别后就很少联系不遵守诺言。还记得当初，她剪下头发与我约定。什么时候能够在闺阁深处，一起填词畅饮。若能再次相聚欢笑，我宁愿拿金银珠宝去交换。

49. 二郎神·炎光谢

炎光谢。过暮雨、芳尘轻洒。乍露冷风清庭户，爽天如水，玉钩遥挂。应是星娥嗟久阻，叙旧约、飙轮欲驾。极目处、微云暗度，耿耿银河高泻。

闲雅。须知此景，古今无价。运巧思、穿针楼上女，抬粉面、云鬟相亚。钿合金钗私语处，算谁在、回廊影下。愿天上人间，占得欢娱，年年今夜。

【注释】

炎光谢：炎热的暑气消退。谢，消歇。
乍露：刚刚有露水的时候。
玉钩：新月。
星娥：指织女。李商隐《圣女祠》："星娥一去后，月姊更来无。"
飙轮：飙车，驾着风而行的车。
极目处：眼睛所能看到的地方。
度：移动。
耿耿：明亮的样子。
高泻：指银河高高悬挂好像要倾泻下来。
闲雅：娴静幽雅。闲，通"娴"。
相亚：相似，相像。
钿合：钿盒，用金银珠玉镶嵌装饰的盒子。

【译文】

夏天炎热的暑气渐渐散去。黄昏时分雨过之后，尘土都被洗干净了。刚刚开始结露，冷风吹过将庭院清理干净。碧空如洗，月如玉钩，遥挂天边。可能是织女嗟叹与丈夫分离太久不得见面，为赴约，驾车御风而行。一眼望去，丝丝云彩飘过，闪烁的银河宛如要倾泻下来。

多么娴雅的景色。要知道，这样的景色，自古以来就是无价的。乞巧的女子们在穿针楼上，抬起粉嫩的脸庞，云鬟都是那么相似。悄悄交换信物的时候，看看在回廊上的那是谁的影子？愿天上人间，年年如今夜般欢乐。

50. 凤归云·向深秋

向深秋，雨馀爽气肃西郊。陌上夜阑，襟袖起凉飙。天末残星，流电未灭，闪闪隔林梢。又是晓鸡声断，阳乌光动，渐分山路迢迢。

驱驱行役，苒苒光阴，蝇头利禄，蜗角功名，毕竟成何事，漫相高。抛掷云泉，狎玩尘土，壮节等闲消。幸有五湖烟浪，一船风月，会须归去老渔樵。

【注释】

雨馀：雨后。
肃：肃杀，枯萎。
夜阑：黑夜将尽时。
襟袖：衣襟衣袖。
凉飙：凉风。
天末：天边，天尽头。
流电：闪电。
阳乌：太阳。
分：辨认。
苒苒：同“荏苒”，时光渐渐流逝。
蝇头：苍蝇的头，比喻名利微小。
蜗角：蜗牛的触角，比喻地方很小。
毕竟：到底，终归。
漫：徒然。

高：夸耀，赞美。
云泉：指隐士居住的地方。
狎玩尘土：游戏官场。尘土，指尘世间，此喻官场。
壮节：壮烈的节操。
等闲：随便。
会须：定要。
老渔樵：老于渔樵，以捕鱼、打柴为生直至终老。此指过归隐的生活。

【译文】

看着深秋的景色，雨过后西郊天气清爽肃杀。走在小路上，黑夜即将结束，衣袖间兜起凉风。天边星星将落，闪电落在树梢那边。又是清晨鸡鸣升起时，太阳开始升起，渐渐能分辨出远远的山路。

奔走辛苦的行役，慢慢消逝的光阴，只为了蝇头小利和蜗角功名，到头来成就了什么？只是徒然夸耀罢了。抛去归隐，游戏官场，壮烈的节操轻易就没了。幸好还可以在五湖四海乘舟破浪，驾着小船游览风月，只等归去过归隐的生活。

51. 凤归云 · 恋帝里

恋帝里、金谷园林，平康巷陌，触处繁华，连日疏狂，未尝轻负、寸心双眼。况佳人、尽天外行云，掌上飞燕。向玳筵、一一皆妙选。长是因酒沈迷，被花萦绊。

更可惜、淑景亭台，暑天枕簟。霜月夜凉，雪霰朝飞，一岁风光，尽堪随分、俊游清宴。算浮生事，瞬息光阴，锱铢名宦。正欢笑、试恁暂时分散。却是恨雨愁云，地遥天远。

【注释】

金谷：石崇建金谷园。这里指的是汴京的园林。
玳筵：盛宴。玳，用名贵的玳瑁做装饰。
可惜：可爱。
霜月：农历七月，指秋天。
霰（xiàn）：小雪珠。
俊游：愉快的心情。
清宴：清净明朗。
锱铢（zī zhū）：形容非常微小。
名宦：名声和官位。
暂时：一时间。

【译文】

怀恋帝都，那里有像金谷园一样的园林，有像平康里一样的街道，触目之处都是繁华之景，连着数日，疏放轻狂，但也没有轻易辜负心情和眼睛。何况佳人们都好像天边的行云、掌上的飞燕一样。在盛宴上，每一个都是难得一遇的佳人。就这样长久地被酒色牵绊。

更让人喜爱的是，美好的景色里的亭台，暑热天气里的凉席。秋夜霜冷，细雪飘飞，一年的风光，都可以随便看到，游玩心情愉快，气候清净明朗。盘算一下人生，光阴转瞬消逝，名声和官位其实是非常微小的。正高兴的时候，像这样暂时分开。结果却是恨雨愁云，地遥天远。

52. 黄莺儿·园林晴昼春谁主

园林晴昼春谁主。暖律潜催，幽谷暄和，黄鹂翩翩，乍迁芳树。观露湿缕金衣，叶映如簧语。晓来枝上绵蛮，似把芳心、深意低诉。

无据。乍出暖烟来，又趁游蜂去。恣狂踪迹，两两相呼，终朝雾吟风舞。当上苑柳秾时，别馆花深处。此际海燕偏饶，都把韶光与。

【注释】

晴昼：晴朗的白天。
暖律：古代讲究用时节来对应乐律。温暖时节对应的就是暖律。
潜：悄悄地，私下。
幽谷：幽深山谷。
暄（xuān）和：暖和。
黄鹂：指的是黄莺，也称柳莺、流莺。
翩翩：展翅飞翔的样子。
迁：迁移，转移，这里是“飞到”之意。
芳树：对树的美称。
叶映：黄鹂鸣叫震动树叶而反射的回音。
簧（huáng）语：形容黄鹂鸣叫声清脆悦耳。
晓来：清晨来临。
绵蛮：指小鸟或鸟的叫声。
低诉：低声倾诉。
无据：无由来，无端，无缘无故。

暖烟：温暖的晨烟。
趁：追逐，随同。
终朝（zhāo）：整日里。
雾吟风舞：雾里唱风里舞。
上苑：指的是古代皇家园林上林苑。
秾：草木葱郁茂盛。
别馆：别墅。古代建于园林内的居宅，称为别馆或别业。
海燕：即燕子、家燕。
偏饶：特多。偏，特别，偏偏是。饶，富，多。
韶光：美好的春光。
与：付出。

【译文】

天气晴朗的白天，谁是这园林春天的主宰？暖意悄悄而来，幽深的峡谷中也变得暖和起来，黄鹂在翩翩飞翔，在树林间穿梭，身影时隐时现。清晨的露珠打湿了它金黄色的羽毛，清脆悦耳的叫声不时传来。那声音宛如绵绵情意，似在低声倾诉内心的深意。

没什么缘故，黄鹂出动飞行的时候，清晨的暖暖烟雾还没有散去，又追随游蜂飞去。它们行踪不定，两两相呼，在雾里叫在风里飞。当上林苑的柳树开始繁茂的时候，在别馆花朵盛开的地方，这里燕子很多，好好的时光都花在这里了。

53. 八六子·如花貌

如花貌。当来便约，永结同心偕老。为妙年、俊格聪明，凌厉多方怜爱，何期养成心性近，元来都不相表。渐作分飞计料。

稍觉因情难供，恁殛恼。争克罢同欢笑。已是断弦尤续，覆水难收，常向人前诵谈，空遣时传音耗。漫悔懊。此事何时坏了。

【注释】

当来：原来，当初。
妙年：青春年少的时候。
俊格：俊俏，漂亮。格，语助词。
凌厉：一往无前，气势强烈，爽朗无拘。
何期：哪里料到。
近：不广厚，浅陋。
元来：即原来。元同“原”。
相表：“相表里”的简写。
分飞：分开，分离。
计料：计划，打算。
供：维持，坚持。
殛（jí）恼：急躁烦恼。殛通“急”，急躁。
争克：怎能。
罢：停止，这里是忘记的意思。
断弦尤续：古代以琴瑟比喻夫妻，男子丧妻称为断弦，这里指断情绝爱。尤，错，过失。

覆水难收：比喻大势已定，无法挽回。多用于比喻夫妻感情离异难以复合。
诵谈：倾诉，诉说。
音耗：音信，讯息。

【译文】

如花般美貌。那时我和你约定，永结同心白头偕老。你那时正当妙龄，俊俏美丽，性格爽朗，深得我的喜爱。谁知道后来性情变得狭隘，原来你是表里不一的人。此后就渐渐想和你分开了。

慢慢地觉得咱们这样的感情很难维持，于是变得很急躁烦恼。怎么能忘记曾经和你在一起的欢乐时光。可惜断了的琴弦难以再接上，倒出去的水难以收回来，我们的感情也难以复合。常常跟别人倾诉，又传些讯息过来，都是白白浪费功夫罢了。空自懊悔，回想往事，我们到底从什么时候开始错了呢。

54. 彩云归·蘅皋向晚舣轻航

蘅皋向晚舣轻航。卸云帆、水驿鱼乡。当暮天霁色如晴昼，江练静、皎月飞光。那堪听、远村羌管，引离人断肠。此际浪萍风梗，度岁茫茫。

堪伤。朝欢暮散，被多情、赋与凄凉。别来最苦，襟袖依约，尚有馀香。算得伊、鸳衾凤枕，夜永争不思量。牵情处，惟有临歧一句难忘。

【注释】

向晚：快到晚上。
舣（yǐ）：船在岸边停靠。
云帆：很高的船帆。
水驿：水上驿站。
暮天：黄昏时的天空。
霁（jì）色：晴朗的天色。
江练静：宁静的江水如白练般。
飞光：熠熠闪光。
度岁：过春节。
茫茫：糊涂。
依约：隐约，大概。
算得：料想。
鸳衾：绣着鸳鸯的锦被。
凤枕：绣着凤凰的枕头。
牵情：牵动感情。

【译文】

天色渐渐暗了，驾着轻快的小船向长满香草的高地停靠。收起船帆，到了鱼米之乡的驿站。傍晚的天色晴朗得好像白天。江水宁静澄练，皓月当空。远处的村落里隐约传来羌管的声音，吹奏出让离家在外的人伤感的调子。这时候的我，感到自己就好像水中的浮萍、风中的断梗般行踪不定，马上就快过年了，我还茫然一片。

太伤感了。朝欢暮散在多情的人眼中更添了一分凄凉。自从分别以来异常痛苦，衣袖间隐约还能闻到残留的香气。想想你一定在我们的鸳衾凤枕上，在漫漫长夜中思念。让人动情的是，临别赠言，一句也难以忘怀。

55. 卜算子慢·江枫渐老

江枫渐老，汀蕙半凋，满目败红衰翠。楚客登临，正是暮秋天气。引疏砧、断续残阳里。对晚景、伤怀念远，新愁旧恨相继。

脉脉人千里。念两处风情，万重烟水。雨歇天高，望断翠峰十二。尽无言、谁会凭高意。纵写得、离肠万种，奈归云谁寄。

【注释】

疏砧：稀稀落落的捣衣声。砧，捣衣石。

翠峰十二：即巫山十二峰。《天中记》："（巫山）十二峰，曰：望霞峰、翠屏峰、朝云峰、松峦峰、集仙峰、聚鹤峰、净坛峰、上升峰、起云峰、飞凤峰、登龙峰、圣泉峰。"

谁会：谁能理解。

归云：比喻归家的心。

【译文】

江岸边的枫树渐渐枯败，沙洲上的蕙草已开始凋零，满眼望去都是残败衰落的花草景色。楚地的客人在晚秋时登山临水。夕阳西下，传来了稀稀落落的捣衣声。看着这样的傍晚景色，心中伤感，怀恋远方的人，新仇旧恨，接连涌上心头。

想念的人远在千里之外。分居两处，思念绵绵，隔着千山万水。雨停了，天显得更高远，可以一眼望见巫山十二峰。默默无言，谁能理解登高凭栏的心意？即使把千万种离情别绪写下来，又可以托谁寄出去呢？

56. 佳人醉·暮景萧萧雨霁

暮景萧萧雨霁。云淡天高风细。正月华如水。金波银汉，潋滟无际。冷浸书帷梦断，却披衣重起。

临轩砌。素光遥指。因念翠蛾，杳隔音尘何处，相望同千里。尽凝睇。厌厌无寐。渐晓雕阑独倚。

【注释】

萧萧：萧索，萧条。
雨霁：雨过后天放晴。
金波：本指浮动如金色波浪的月光，借指月亮。
银汉：银河。
潋滟：形容水波流动的样子。这里指的是星月光辉相互映衬。
书帷：书房中的帷帐，代指书斋。
轩砌：庭轩前面的台阶。
素光：月光。
翠蛾：女子细长的黛眉，代指美女。
杳隔：相隔很远。
音尘：音讯，消息。
凝睇：凝视，凝望。

【译文】

傍晚的景色很冷清，刚刚下过雨，天气放晴。云淡天高，微风习习。星月交辉，银河皎皎，像河流一样荡漾无边。一阵冷空气冲进书房，将美梦打断，只好披上衣服起身，来到庭轩的台阶上。

月光从天空遥遥洒下。我心里思念远方的妻子，相隔那么远，不知道哪里能得到音讯，身隔千里同时望着明月。只能凝望，无精打采睡不着。独自靠着栏杆，天色渐晓。

57. 女冠子·淡烟飘薄

淡烟飘薄。莺花谢、清和院落。树阴翠、密叶成幄。麦秋霁景，夏云忽变奇峰、倚寥廓。波暖银塘，涨新萍绿鱼跃。想端忧多暇，陈王是日，嫩苔生阁。

正铄石天高，流金昼永，楚榭光风转蕙，披襟处、波翻翠幕。以文会友，沈李浮瓜忍轻诺。别馆清闲，避炎蒸、岂须河朔。但尊前随分，雅歌艳舞，尽成欢乐。

【注释】

飘薄：同“漂泊”。这里有飘荡的意思。
清和：指天气清明暖和。
幄：篷帐。
麦秋：指麦子成熟的时候。
霁景：雨后变晴朗的景色。
寥廓：空旷深远的天空。
陈王：曹植的封号。
“正铄”二句：意谓天气渐热，昼长夜短。铄（shuò）石、流金：天气炎热得可熔化金石。
楚榭：台榭。
沈李浮瓜：将瓜果浸在水中以达到冰镇的效果。
河朔：地区名，古代泛指黄河以北的地区。
随分：随我本性。

【译文】

淡淡的烟气飘荡。春天的景色开始衰败，院子里清明暖和。树叶浓密成荫，如同撑开的帐篷。麦子成熟的季节，雨后初晴，夏云忽而变化成奇特的山峰，挂在辽阔的天空中。池塘澄澈，水波温暖，绿色的浮萍新长出来，鱼儿时而跃起。想起有很多空闲的时间，不会像曹植新丧好友时那样，无心游玩，空让楼阁生绿苔。

正值天气渐渐变热，天高昼长的时节，台榭上天光明媚，微风习习，草木摇摆，披着外衣在翠幕前，看水中波光粼粼。以文会友的时候吃着冰镇瓜果，这等乐事怎忍轻易许诺。别馆中清静闲适，正好可以避暑，不用去黄河以北。只需要端起酒杯，随心所欲，吟诗歌舞，尽情享乐。

58. 女冠子・断云残雨

断云残雨。洒微凉、生轩户。动清籁、萧萧庭树。银河浓淡，华星明灭，轻云时度。莎阶寂静无睹。幽蛩切切秋吟苦。疏篁一径，流萤几点，飞来又去。

对月临风，空恁无眠耿耿，暗想旧日牵情处。绮罗丛里，有人人、那回饮散，略曾谐鸳侣。因循忍便暌阻。相思不得长相聚。好天良夜，无端惹起，千愁万绪。

【注释】

断云：残云。
残雨：零星小雨。
清籁：形容风吹动树叶的声音。
莎：莎草。
无睹：因混在一起而看不清。
幽蛩：藏起来的蟋蟀。
疏篁：稀疏的竹林。
人人：对心上人的称呼。
略曾：很短的时间。
谐鸳侣：指男女欢会。
因循：长期按照这样。
暌（kuí）阻：分离。

【译文】

天上飘着残云，还下着零星小雨。微凉的空气飘入窗户里。庭院中的树被风吹得萧萧作响。银河或深或浅，星星闪烁，不时飘过一朵清淡的云。台阶旁的莎草静静地生长着，在夜色中与台阶混为一体。草丛中的蟋蟀怯怯鸣叫更显凄苦。稀疏的竹林里有一条小路，有一些萤火虫飞来飞去。

看着月亮吹着风，就这样怀揣心事难以入眠，暗自想起往日牵动情感的地方。如云的美人中，有我的心上人，那次喝完酒，曾经有过短暂的约会。长期这样分离怎么忍心。不能长久在一起，很想念。良辰美景，无端地引起了千愁万绪。

59. 诉衷情近·景阑昼永

景阑昼永，渐入清和气序，榆钱飘满闲阶，莲叶嫩生翠沼。遥望水边幽径，山崦孤村，是处园林好。

闲情悄。绮陌游人渐少。少年风韵，自觉随春老。追前好。帝城信阻，天涯目断，暮云芳草。伫立空残照。

【注释】

景阑：春景已经衰败。
清和：本泛指暮春初夏天气，后多以为农历四月的别称。
气序：节气。
翠沼：水波碧绿的池沼。
山崦（yān）：山坳。

【译文】

春天的景色已经衰败，白日变长，渐渐进入了清明暖和的四月时节，成串的榆钱从树上飘落，铺满了台阶，新生的莲叶翠嫩，漂浮在水波碧绿的池沼中。眺望远方，可以看到水边幽静的小路和山坳里孤零零的村庄，到处都是美好的景色。

路上踏青的游人渐渐散去。此时，我心中油然而生一股愁绪。感觉少年时的风度，仿佛随着春光逝去了。追忆远在京城的前欢旧爱，却因路途遥遥而失去了联系。望断天涯，看到的只是暮云飘飞、芳草萋萋的景象。静静伫立，眼前只余下傍晚的残照。

60. 破阵乐·露花倒影

露花倒影，烟芜蘸碧，灵沼波暖。金柳摇风树树，系彩舫龙舟遥岸。千步虹桥，参差雁齿，直趋水殿。绕金堤、曼衍鱼龙戏，簇娇春罗绮，喧天丝管。霁色荣光，望中似睹，蓬莱清浅。

时见。凤辇宸游，鸾觞禊饮，临翠水、开镐宴。两两轻舠飞画楫，竞夺锦标霞烂。罄欢娱，歌鱼藻，徘徊宛转。别有盈盈游女，各委明珠，争收翠羽，相将归远。渐觉云海沈沈，洞天日晚。

【注释】

露花倒影：带着露珠的花在水中的倒影。
烟芜蘸（zhàn）碧：笼罩在一片烟气中的青草，与池中的碧水挨得很近。
灵沼：指宋代的金明池，位于琼林苑中。
千步虹桥：长长的拱桥。
参差雁齿：形容虹桥上的台阶高低排列如雁齿般整齐。
水殿：水上的亭殿。
曼衍鱼龙：形容各种杂戏同时表演。后形容事物杂乱。
簇娇春：聚集着一群穿着娇艳来闹春的美女。
喧天丝管：音乐喧天。丝管，代指音乐。
荣光：花草树木的光泽。

时见：突然看见，不经意间看见。
凤辇宸游：指的是皇帝出游。
鸾觞：刻有鸾鸟花纹的酒杯。
禊（xì）饮：古代人们在农历三月三在水边举行祈福祭礼，称为祓禊，之后的饮宴称为禊饮。
镐（hào）宴：此指皇帝宴群僚的禊宴。
舠（dāo）：形状像刀的小船。
罄（qìng）：尽情，尽兴。
鱼藻：《鱼藻》，《诗经》中的诗篇，歌颂武王。
相将：一起。
云海：指高远的天空。
洞天：别有洞天的简称，指风景胜地。

【译文】

带着露珠的花朵在水中映出倒影，青草笼罩在淡淡烟气中，挨着池中的碧水，金明池水温暖。金色的柳树随风摇摆，远远望向对岸，那里停靠着皇帝的龙舟和游玩的画舫。长长的拱桥，台阶整齐如同雁齿，一直延伸到水殿。在种满柳树的堤岸边，各种杂戏演出，穿着华美艳丽的女子成群结队，音乐喧天。天气晴朗，花草树木沐浴在春光里，一眼望去看到的金明池就好像蓬莱池水一样清澈。

突然之间，看见了皇帝出游的凤辇，在清澈的水边举行镐宴，与群臣举杯同乐。形状如刀的小船飞快地划动船楫，争夺锦标的游戏场面，就像彩霞一样绚丽烂漫。游人尽情欢乐游玩，歌唱《鱼藻》，声音婉转动听。还有盈盈而立来游玩的美女，都带着明珠，争相捡拾翠羽，渐渐走远。渐渐地天空昏暗起来，就像夜晚的洞天之地。

【辑评】

夏敬观《手评乐章集》：层层铺叙，情景兼融，一笔到底，始终不懈。

陈振孙《直斋书录解题》：音律谐婉，语意妥帖，承平气象，形容曲尽。

61. 满江红·暮雨初收

暮雨初收，长川静、征帆夜落。临岛屿、蓼烟疏淡，苇风萧索。几许渔人飞短艇，尽载灯火归村落。遣行客、当此念回程，伤漂泊。

桐江好，烟漠漠。波似染，山如削。绕严陵滩畔，鹭飞鱼跃。游宦区区成底事，平生况有云泉约。归去来、一曲仲宣吟，从军乐。

【注释】

征帆：远行的船上的船帆。
蓼（liǎo）烟：蓼草周围笼罩的烟雾。蓼，水蓼，植物名，常生长在水边。
苇风：吹拂芦苇的风。
萧索：象声词，形容风吹声。
短艇：轻便快捷的小艇。
行客：这里是词人自谓。
桐江：杭州桐庐的富春江。
漠漠：弥漫的样子。
严陵滩：河滩名，又名严滩、严陵濑。在桐江畔。
底事：为了何事。
云泉约：与美丽的景色有约，引申为隐居山林之意。云泉，泛指美丽的景色。
仲宣：三国时王粲的字，曾作《登楼赋》，以抒归土怀乡、不被重用之情。后被曹操看重，从曹操西征张鲁。
从军乐：王粲曾作《从军行》五首，主要抒发行役之苦和思妇之情。

【译文】

傍晚下的雨刚刚停了，河水一片寂静，远行的船陆续回港，夜渐渐暗下来。小岛边上长满了水蓼，烟气稀疏地笼罩着，阵阵风吹过芦苇。有几个渔人乘坐着轻快的小船，点着灯火快速向村落行去。这样的情景让我想起回归的路，为自己还在漂泊而伤心。

桐江优美，烟雾缭绕。水波好像被染过一样好看，山峰好像被刀削过一样俊秀。严陵滩边，白鹭飞鱼儿跃。四处游宦是为了什么，何况平生还有归隐之志。还是像陶渊明一样归去吧，像仲宣一样行军多么艰苦。

【辑评】

黄升《唐宋诸贤绝妙词选》：换头数语最工。

62. 双声子·晚天萧索

晚天萧索，断蓬踪迹，乘兴兰棹东游。三吴风景，姑苏台榭，牢落暮霭初收。夫差旧国，香径没、徒有荒丘。繁华处，悄无睹，惟闻麋鹿呦呦。

想当年、空运筹决战，图王取霸无休。江山如画，云涛烟浪，翻输范蠡扁舟。验前经旧史，嗟漫载、当日风流。斜阳暮草茫茫，尽成万古遗愁。

【注释】

断蓬：四处飘飞的蓬草，常比喻游子。
兰棹（zhào）：用木兰树做成的桨，代指船。
牢落：荒凉冷落。
香径：花香怡人的园中小路，多指宫廷园圃，越曾将美女西施进献给吴王夫差，因此这里暗示西施。
呦呦：形容鹿鸣叫声。出自《诗经·小雅·鹿鸣》：“呦呦鹿鸣，食野之苹。”
决战：指夫差二年，吴越会稽一战。
翻输：反而不如。
验：查验。

【译文】

傍晚的天空萧索，蓬草四处飘飞，我坐着船乘兴东游。三吴一带的风景，姑苏城的亭台水榭，一片荒凉冷落的情景，傍晚的雾霭渐渐消散。这里曾经是夫差的国土，现在花香怡人的小路找不到了，徒留下荒凉的山丘。繁华的景象已然悄悄流逝，再也看不见，只能听见呦呦鹿鸣声。

想起当年，夫差运筹帷幄，决一死战，为的是图王霸业，到头来都是一场空。江山如此美丽，天空云腾，水中浪起，反不如一叶扁舟泛游江湖的范蠡自在。翻看历史经书，不由得感慨，当年的风流都已成云烟。夕阳西下，野草茫茫，暮色沉沉，就像那忧愁永远不消散。

63. 满朝欢·花隔铜壶

花隔铜壶，露晞金掌，都门十二清晓。帝里风光烂漫，偏爱春杪。烟轻昼永，引莺啭上林，鱼游灵沼。巷陌乍晴，香尘染惹，垂杨芳草。

因念秦楼彩凤，楚观朝云，往昔曾迷歌笑。别来岁久，偶忆欢盟重到。人面桃花，未知何处，但掩朱扉悄悄。尽日伫立无言，赢得凄凉怀抱。

【注释】

晞：干。
都门十二：都城有十二座城门，代指整个京城。
春杪：春末。
垂杨：古人诗词中爱杨柳混用，垂杨就是垂柳。
秦楼、楚观：都指妓院。
彩凤、朝云：均指美人。
欢盟：和好结盟。

【译文】

光影日斜，金掌中的露水变干，京都正是清冷的早晨。皇宫中风光优美，我独独偏爱春末时节。这个时节烟气清淡，白天很长，黄莺在上林苑里啼叫，鱼儿在池塘里游动。街边小巷刚刚放晴，人们来往走动沾染香尘，两旁种着垂杨花草。

看到这样的景象，我不由得想起了秦楼楚观里的佳人，想起往日的欢歌笑语。分别很久了，偶然想起当年的欢好盟誓，重新回到了这里。往日那些人儿，现在不知道去了哪里，只有半掩的门扉静悄悄。我整日伫立在这里默默无言，只剩下满腔的凄凉之感。

64. 长寿乐・繁红嫩翠

繁红嫩翠。艳阳景、妆点神州明媚。是处楼台，朱门院落，弦管新声腾沸。恣游人、无限驰骤，娇马车如水。竞寻芳选胜，归来向晚，起通衢近远，香尘细细。

太平世。少年时、忍把韶光轻弃。况有红妆，楚腰越艳，一笑千金何啻。向尊前、舞袖飘雪，歌响行云止。愿长绳、且把飞乌系。任好从容痛饮，谁能惜醉。

【注释】

神州：汴京。
新声：新颖美妙的音乐。
腾沸：形容人声鼎沸。
无限：没有约束，自由自在。
驰骤（zhòu）：驰骋，快跑。
通衢：通畅的大路。
红妆：指美女。
楚腰越艳：泛指美女。源自楚王好细腰及西施的典故。
何啻（chì）：何止。
歌响行云止：歌声嘹亮得把行云都止住了。
乌：太阳。

【译文】

繁花盛开，枝繁叶茂。一派艳阳天的景色，把汴京装点得更加明媚。到处都是亭台楼阁，朱门大院，新颖美妙的音乐声此起彼伏。游人恣情纵意，策马奔腾，来往车马多如流水。大家竞相寻找美丽的风景，回来的时候已经快到晚上了，走在四通八达的大路上，惹起阵阵细微的尘土。

这是太平盛世。青春年少时，怎可轻易将年华抛却。何况还有美人，一笑何止千金。端着酒杯，看那如同飘雪的舞袖，美妙嘹亮的歌声响遏行云。希望有长长的绳子，能拴住太阳。好能开怀畅饮，谁还怕醉啊。

65. 长寿乐・尤红殢翠

尤红殢翠。近日来、陡把狂心牵系。罗绮丛中，笙歌筵上，有个人人可意。解严妆巧笑，取次言谈成娇媚。知几度，密约秦楼尽醉。仍携手，眷恋香衾绣被。

情渐美。算好把、夕雨朝云相继，便是仙禁春深，御炉香袅，临轩亲试。对天颜咫尺，定然魁甲登高第。等恁时、等著回来贺喜。好生地。剩与我儿利市。

【注释】

尤红殢翠：指沉湎于女色。殢，滞留。
陡：突然。
可意：合心意。
解：善于。
秦楼：代指佳人。
临轩亲试：皇帝亲自主持的殿试。
剩与：多给。
我儿：对心上人的称呼。
利市：喜钱。

【译文】

一直以来流连花丛沉迷女色。近日来，突然就把狂放的心牵系住了。在一次歌舞宴席上，身穿罗绮的美人群里，有位佳人甚合我心意。擅长打扮，巧笑倩兮，随意言谈间尽显娇媚。有几回，秘密和她约会都喝醉了。还是手牵着手，眷恋香香的被子。

感情渐渐更美好。盘算着好继续云雨，只是宫禁深深，御炉里的烟气袅袅，皇帝亲自主持殿试。天子的容颜近在咫尺，一定能及第中个状元。等到那个时候，等着回来贺喜吧。你好好的。那时我多给你一些喜钱。

66. 引驾行·红尘紫陌

红尘紫陌，斜阳暮草长安道，是离人、断魂处，迢迢匹马西征。新晴。韶光明媚，轻烟淡薄和气暖，望花村、路隐映，摇鞭时过长亭。愁生。伤凤城仙子，别来千里重行行。又记得临歧，泪眼湿、莲脸盈盈。消凝。

花朝月夕，最苦冷落银屏。想媚容、耿耿无眠，屈指已算回程。相萦。空万般思忆，争如归去睹倾城。向绣帏、深处并枕，说如此牵情。

【注释】

红尘：飞扬的尘土，形容繁华热闹。
紫陌：指京城郊外的大路。
断魂：形容极度的忧伤。
隐映：指小路被草木遮挡。
行行：行而又行，形容很远。
莲脸：像莲花一样娇媚红润的脸庞。
消凝：销魂愣神，形容想得出神。
花朝月夕：良辰美景。
萦：牵绊，缠绕。
倾城：指绝世美女，这里指心上人。
绣帷：绣帐。

【译文】

京城郊外的大路上尘土飞扬，傍晚的斜阳照耀着长安道上的芳草，路上都是出门在外的行人游子。让人异常伤感的是，只有我孤身一人走在去西边的路上。天刚刚晴了。春光明媚，风和日丽，天气和暖，远远望见花丛掩映的村庄。小路被花丛遮挡着，我挥动马鞭策马走过长亭。忧愁袭上心头。怀念那在凤城的美人，自从分别已经离得太远。还记得，当时分别时，泪眼朦胧，如莲花般娇媚红润的脸庞沾满晶莹的泪水。

想念得出神了。每当良辰美景，却只有冷清孤独，这是最苦的。想起她娇美的面容，我辗转反侧难以入眠，忍不住屈指盘算什么时候回去。情意绵绵。奈何白白思念，不如早些回去看到她。在绣帐中同床共枕，互相倾诉牵挂和情意。

67. 引驾行·虹收残雨

虹收残雨。蝉嘶败柳长堤暮。背都门、动消黯，西风片帆轻举。愁睹。泛画鹢翩翩，灵鼍隐隐下前浦。忍回首、佳人渐远，想高城、隔烟树。

几许。秦楼永昼，谢阁连宵奇遇。算赠笑千金，酬歌百琲，尽成轻负。南顾。念吴邦越国，风烟萧索在何处。独自个、千山万水，指天涯去。

【注释】

背都门：离开京都。背，离开。
愁睹：满眼含愁地看着。
灵鼍（tuó）：一种像鳄鱼的动物，皮可做鼓。这里借指鼓。
永昼：整天。
琲（bèi）：成串的珍珠。
吴邦越国：吴越之地。

【译文】

彩虹已经淡去，雨快停了。傍晚的长堤边上有残败的柳树，树上蝉在嘶鸣。离开京都，心情很伤感。她在岸边满眼含愁地看着。我乘着有鹢鸟图案的船在水中轻快地划行，鼓声渐渐听不见，船已行到前面的浦口。不忍心回头，佳人的身影越来越远，想看看高高的京城，中间隔着烟气笼罩的树。

想曾经有多少美好时光。那时整天在秦楼里，通宵达旦在谢阁里，奇妙地相遇了。千金买笑，百琲买唱的宴乐生活就这样被轻易抛弃了。向南回头看。想这吴越之地，风萧萧烟渺渺，哪里是我的去处呢。独自一人，走过千山万水，游荡在天涯海角。

68. 征部乐·雅欢幽会

雅欢幽会，良辰可惜虚抛掷。每追念、狂踪旧迹。长只恁、愁闷朝夕。凭谁去、花衢觅。细说此中端的。道向我、转觉厌厌，役梦劳魂苦相忆。

须知最有，风前月下，心事始终难得。但愿我、虫虫心下，把人看待，长似初相识。况渐逢春色。便是有，举场消息。待这回、好好怜伊，更不轻离拆。

【注释】

雅欢幽会：指男女约会。
良辰：指幽会的时候。
狂踪旧迹：指过去浪荡放纵的生活。
花衢：即花街。指妓院。
端的：究竟，到底。
役梦劳魂：即“魂牵梦绕”。
“心事”句：此句省略主语，意为你的心事我始终不明白。
虫虫：妓女名，又名虫娘。
举场：科举考试京试的考场。

【译文】

美好的时光就这样白白浪费在欢会作乐中，实在是可惜。每每想起以前的狂放行为，就忧愁得觉得天这样长。谁能去花街找到她，细细诉说我到底是什么情况。我是这样精神不宁，睡不好，苦苦思念着她。

要知道，良辰美景和心中所念所想最是难得。但愿我的虫虫心里明白，对待人，要始终当成是初相识。更何况春天渐渐来了，科举考试的消息也快到了。等这次回去，一定好好爱她，不轻易分开了。

69. 婆罗门令・昨宵里

昨宵里，恁和衣睡。今宵里，又恁和衣睡。小饮归来，初更过、醺醺醉。中夜后、何事还惊起。霜天冷，风细细。触疏窗，闪闪灯摇曳。

空床展转重追想，云雨梦、任攲枕难继。寸心万绪，咫尺千里。好景良天，彼此空有相怜意。未有相怜计。

【注释】

中夜：半夜。
疏窗：雕有花格的窗子。
摇曳：摇荡。
云雨：指男女欢合。
攲（yǐ）枕：斜倚着枕头。攲，同“倚”，依靠。

【译文】

昨夜就这样和衣而眠，今夜又是如此。喝了点小酒回来，刚刚过了初更，微醺。半夜猛然惊醒，是为什么事呢？下霜的天气很冷，风习习吹来，穿过花格窗子，吹得灯火摇曳。

夜里独自在空床上辗转反侧，又想起了与佳人欢好时的情景，靠着枕头却难以继续重温旧梦。心里千头万绪，思念深深，但佳人却远在天涯。如此良辰美景，我们彼此空有相思的情意，却没有相见的办法。

70. 早梅芳・海霞红

海霞红，山烟翠。故都风景繁华地。谯门画戟，下临万井，金碧楼台相倚。芰荷浦溆，杨柳汀洲，映虹桥倒影，兰舟飞棹，游人聚散，一片湖光里。

汉元侯，自从破虏征蛮，峻陟枢庭贵。筹帷厌久，盛年昼锦，归来吾乡我里。铃斋少讼，宴馆多欢，未周星，便恐皇家，图任勋贤，又作登庸计。

【注释】

故都：指杭州。
谯（qiáo）门：古时建在城门上用以观察瞭望的高楼。
芰（jì）荷：出水的菱与荷。
浦溆（xù）：水边。
虹桥：像彩虹一样的拱桥。
兰舟飞棹：兰舟是对船的美称；棹，船桨，飞棹是指飞快地划动船桨，形容船速很快。
元侯：这里是夸耀长官官位显赫。
峻陟（zhì）：很快地晋升。
枢庭：政权中枢所在，宋代多用以指枢密院。
筹帷：筹，筹谋；帷，帷幄，行军作战的帐篷。筹帷：谋划战略战术。
厌久：时间长了生厌。
昼锦：白天穿锦绣服装，以示显赫。

铃斋少讼：铃阁，古代将帅或州郡长官办事之处。少讼，需要处理的官司公案很少。
周星：岁星，木星。岁星十二年在天空绕行一周。
登庸：选拔任用。

【译文】

阳光照耀下的波浪呈红色，翠绿的山峰笼罩在烟气中。杭州风景优美，是繁华之地。谯楼左右画戟林立，城门下是热闹而有序的市井，金碧辉煌的楼阁一个挨着一个。水边有荷花和菱角，汀洲上有杨柳，水中有拱桥的倒影，小船飞快地前行，游人来来往往，好一片湖光山色的美景。

长官您如汉代的元侯，自从破虏征蛮，就一路晋升到显贵的枢密院。时间久了厌倦了筹谋，正值盛年衣锦还乡。身居铃斋，悠闲清净，不用再为公事烦恼操心，游冶之所欢乐多，还没到一年，恐怕朝廷又要任用有功勋的贤能之人，又得计划去做官了。

71. 醉蓬莱 · 渐亭皋叶下

渐亭皋叶下，陇首云飞，素秋新霁。华阙中天，锁葱葱佳气。嫩菊黄深，拒霜红浅，近宝阶香砌。玉宇无尘，金茎有露，碧天如水。

正值升平，万几多暇，夜色澄鲜，漏声迢递。南极星中，有老人呈瑞。此际宸游，凤辇何处，度管弦清脆。太液波翻，披香帘卷，月明风细。

【注释】

亭皋：水边的平地。
陇首：泛指高山之巅。
素秋：秋季。古代五行之说，秋属金，其色白，故称素秋。
华阙：华美的宫阙。
中天：高高的天空。
锁：笼罩。
葱葱：蓬勃茂盛的样子。
拒霜：木芙蓉花。
金茎：承露盘。
万几：也作万机，指皇帝日常处理的纷繁政务。
澄鲜：清新。
度：猜测。
太液：太液池。
披香：汉代宫殿披香殿。这里是借指宋汴京宫中殿宇。

【译文】

水边平地的树叶渐渐落下，白云缓缓飘过高山之巅，秋雨过后天刚刚放晴。华丽的宫殿高耸入云，笼罩着繁盛蓬勃的气象。台阶旁边，新开着深黄色的菊花和浅红色的木芙蓉花。华丽的宫殿洁净无尘，承露盘中满是露水，碧蓝的天空澄净如水。

正值盛世，皇帝处理繁忙政务后有了很多闲暇时间，夜色清新，远远地传来滴漏的声音。天上的南极星里有老人呈现祥瑞。这时候皇帝出游，车驾到了哪里？大概是在清脆音乐响起的地方吧。宫里池水波光粼粼，殿中帘幕微微卷动，正是明月当空风细和暖的时候。

72. 诉衷情近·雨晴气爽

雨晴气爽，伫立江楼望处。澄明远水生光，重叠暮山耸翠。遥认断桥幽径，隐隐渔村，向晚孤烟起。

残阳里。脉脉朱阑静倚。黯然情绪，未饮先如醉。愁无际。暮云过了，秋光老尽，故人千里。竟日空凝睇。

【注释】

生光：发出光芒。
耸翠：形容山峦、树木等高耸苍翠。
遥认：从远处辨认。
断桥：桥名。在今浙江省杭州市孤山旁，因孤山之路至此而断，故名。此处不一定特指西湖的断桥。
老尽：衰竭。
竟日：终日，整天。

【译文】

雨过天晴，秋高气爽，我久久站立在江边的楼上向远处眺望。江水澄澈明净波光粼粼，重重叠叠的山峰高耸苍翠。远远地认出断桥和幽深的小路，隐隐可见的渔村，快到晚上了，远处飘起孤直的炊烟。

夕阳斜照。我满怀感情靠着栏杆。黯然神伤，还没喝酒就先醉了。无边无际的忧愁袭上心头。傍晚的云飘过，秋日的风景已经没了，故人远在千里之外。整日空自出神不语。

73. 竹马子·登孤垒荒凉

登孤垒荒凉，危亭旷望，静临烟渚。对雌霓挂雨，雄风拂槛，微收烦暑。渐觉一叶惊秋，残蝉噪晚，素商时序。览景想前欢，指神京，非雾非烟深处。

向此成追感，新愁易积，故人难聚。凭高尽日凝伫。赢得消魂无语。极目霁霭霏微，瞑鸦零乱，萧索江城暮。南楼画角，又送残阳去。

【注释】

孤垒：孤零零的昔日堡垒。
危亭：高亭。
旷望：远望。
雌霓挂雨：天空中挂着两道彩虹，空气中还带有雨水的湿气。
雄风：强劲的风。
烦暑：闷热的暑气。烦，一作“残”。
素商时序：按着四季的顺序秋天即将接替夏天到来。素商：秋天。时序：四季的代换次序。
霁霭：雨后初晴产生的雾气。
霏微：朦胧的样子。
瞑：天黑。

【译文】

登上荒凉而孤零零的昔日堡垒，站在高高的亭子上远望，看着烟气笼罩的小洲上一片寂静。天空中挂着彩虹，空气中还有微微的湿气，强劲的风吹过栏杆，闷热的暑气稍微收敛了些。渐渐察觉一片叶落，秋天到来，剩余的蝉在晚间鸣噪着，按着四季的顺序，秋天即将接替夏天而来。看着眼前之景，想起往昔欢聚，遥指帝都，就在那非雾非烟的深处。

面对此情此景，我不由追怀，新的忧愁容易产生，故人却难相聚。站在高处整天凝神伫立。只落得黯然销魂默默无言。远远望去烟雾朦胧，黄昏中的乌鸦零散几只，江城的傍晚萧索冷清。城南角楼上的画角声响起，将残阳送入地平线下。

74. 斗百花・飒飒霜飘鸳瓦

飒飒霜飘鸳瓦，翠幕轻寒微透，长门深锁悄悄，满庭秋色将晚。眼看菊蕊，重阳泪落如珠，长是淹残粉面。鸾辂音尘远。

无限幽恨，寄情空殢纨扇。应是帝王，当初怪妾辞辇。陡顿今来，宫中第一妖娆，却道昭阳飞燕。

【注释】

飒（sà）飒：形容风的声音。
鸳瓦：古代建筑屋顶上的鸳鸯瓦，即成双成对的瓦。
翠幕：指陈阿娇的床帐。
长（cháng）门：长门宫，即汉武帝皇后陈阿娇失宠后居住的宫殿。
深锁：紧紧锁住。
重阳：农历九月九日重阳节。
鸾辂（lù）：皇帝所乘坐的车子。辂，车架上的横木。

【译文】

飒飒冷风吹过结满寒霜的鸳鸯瓦，寒意从翠幕透过来，静悄悄的长门宫宫门一直紧锁，满庭院都是深秋的景色。看着菊花，重阳节时眼泪掉落如珍珠，泪水总是将脸上的脂粉冲得惨败不堪。皇帝车驾的响动离长门宫很远。

心怀无限幽恨，只能寄托给手中的纨扇。当初皇帝怪我拒绝他，现如今，宫中第一美女，突然成了昭阳宫的赵飞燕。

75. 送征衣・过韶阳

过韶阳。璿枢电绕，华渚虹流，运应千载会昌。罄寰宇、荐殊祥。吾皇。诞弥月，瑶图缵庆，玉叶腾芳。并景贶、三灵眷祐，挺英哲、掩前王。遇年年、嘉节清和，颁率土称觞。

无间要荒华夏，尽万里、走梯航。彤庭舜张大乐，禹会群方。鹓行。望上国，山呼鳌抃，遥爇炉香。竟就日、瞻云献寿，指南山、等无疆。愿巍巍、宝历鸿基，齐天地遥长。

【注释】

璿（xuán）枢电绕：璿，同“璇”，是北斗七星第二星，枢为第一星，此处代指北斗七星；电绕，电光环绕。电绕北斗星是一种异常天象，在星象学里代表祥瑞的征兆，传说黄帝出生时曾有这种天象。

华渚虹流：华渚，古传说地名；虹流，像流动的长虹。传说少昊出生时，天上有彩虹般流动的星星，流入华渚。

运：时运，国运。

寰宇：整个宇宙。

荐：进献。

诞弥月：足月出生。

瑶图：指天空中出现的美好画面。

缵（zuǎn）：继续。

玉叶：此指皇室子孙。
腾芳：蒸腾出芳香。指人才华横溢。
景贶（kuàng）：即贶景，上天赐予的奇异美景。
挺：突出。
掩：掩盖，这里指超越。
清和：农历四月的别称。
称觞：举杯庆祝。
要荒：边远荒僻之地。指边远的附属国。
梯航：梯山航海，比喻路途遥远艰险。
彤庭：汉代皇宫的中庭都漆成红色，后泛指皇宫。
舜张大乐：像舜那样举行盛大宴会。
禹会群方：禹王会见各方部落首领。
鹓（yuān）行：鹓，传说中类似鸾凤的鸟，飞行时井然有序。这里比喻群臣上朝时队列井然的样子。
上国：宋代，附属国对宋朝的称呼。
山呼：古代臣子对皇帝祝颂的礼节，叩首高呼万岁万岁万万岁。
抃（biàn）：鼓掌。
爇（ruò）：点燃。
就日：接近皇帝。把皇帝比喻成太阳。就，接近。
瞻云：向上观，仰望。把皇帝比作高立于云端的神。
巍巍：高大的样子。
宝历：指国祚，一个王朝理论上应该维持的时间。
鸿基：伟大的基业。

【译文】

春光明媚。电光环绕北斗星，星如虹流入华渚，国运千载正当兴隆昌盛。致谢整个宇宙的祥瑞。十月足胎，我皇诞生。金枝玉叶吐露芬芳，空中祥云呈现瑞气。上天赐予奇异美景，天地人三灵保佑眷顾，英姿挺秀，超越了前王。每年四月佳节，赏赐全国人民美酒。

不论是边远的附属国还是中原大地，都不远万里跋涉而来。皇宫里奏响大乐，宴请各方首领。朝臣们队列整齐有序。附属国仰望上国，山呼鼓掌，点燃香炉。人们如接近太阳、仰望云神般为我皇祝寿，祝愿我皇寿比南山，万寿无疆。祝愿我朝鸿基伟业，地久天长。

76. 迎新春·嶰管变青律

嶰管变青律，帝里阳和新布。晴景回轻煦。庆嘉节、当三五。列华灯、千门万户。遍九陌、罗绮香风微度。十里然绛树。鳌山耸、喧天萧鼓。

渐天如水，素月当午。香径里，绝缨掷果无数。更阑烛影花阴下，少年人、往往奇遇。太平时，朝野多欢民康阜。随分良聚。堪对此景，争忍独醒归去。

【注释】

嶰（xiè）管：用昆仑山北面的嶰谷生长的竹子制的乐器。
青律：青帝掌管的规律。我国古代神话中青帝是春神，青律也就是冬去春来的意思。
阳和：温暖和煦的阳光。
轻煦：微暖。
嘉节：指元宵节。
三五：正月十五。
九陌：汉代长安街有八街、九陌。后来泛指都城大路。
罗绮：这里代指穿着罗绮的人群。
然：通“燃”，点燃。
绛树：神话传说中的仙树。《淮南子·墬形训》：“（昆仑山）上有木禾，其修五寻，珠树、玉树、璇树、不死树在其西，沙棠、琅玕在其东，绛树在其南，碧树、瑶树在其北。”这里指经人工装饰的好看的树。

鳌山：宋代元宵节风俗，人们将彩灯堆叠成传说中巨鳌的形状。
素月：皎洁的月亮。
绝缨掷果：绝缨，扯断结冠的带，典故出自《韩诗外传》卷七："楚庄王赐其群臣酒。日暮酒酣，左右皆醉。殿上烛灭，有牵王后衣者，后扢冠缨而绝之。愿趣火视绝缨者。'王曰：'止！'立出令曰：'与寡人饮，不绝缨者。不为乐也。'于是冠缨无完者，不知王后所绝冠缨者谁。于是王遂与群臣欢饮罢。后吴兴师伐楚，有人常为应行，合战者五，陷阵却敌，遂取大军之首而献之。王怪而问之曰：'寡人未尝有异于子，子何为寡人厚也？'对曰：'臣先殿上绝缨者也，当时宜以肝胆涂地，负日久矣，未有所效，今幸得用于臣之义，尚可为王破吴而强楚。'"掷果，典故出自《晋书·潘岳传》："岳美姿仪，辞藻绝丽，尤善为哀诔之文。少时常挟弹出洛阳道，妇人遇之者，皆连手萦绕，投之以果，遂满车而归。时张载甚丑，每行，小儿以瓦石掷之，委顿而反。岳从子尼。"
朝野：朝廷和民间。
康阜（fù）：安乐富有。
堪：可是。

【译文】

春天来了，帝都阳光灿烂。天气晴朗，温暖和煦。人们欢度正月十五元宵节。千家万户都挂满花灯。大街小巷到处都是人群，香风阵阵。十里花树点燃，鳌山高耸，乐声喧天。

渐渐地天水一色，皓月当空。路上，人们绝缨掷果，欢声笑语不绝。夜深了，烛光下，花影里，往往能遇见年少的人们在谈情说爱。正当太平盛世，举国同欢，人民康乐富足，随处可见美好的聚会。面对这样的美景，怎么能忍受独自酒醒归去呢？

77. 迷神引・一叶扁舟轻帆卷

一叶扁舟轻帆卷。暂泊楚江南岸。孤城暮角，引胡笳怨。水茫茫，平沙雁，旋惊散。烟敛寒林簇，画屏展。天际遥山小，黛眉浅。

旧赏轻抛，到此成游宦。觉客程劳，年光晚。异乡风物，忍萧索、当愁眼。帝城赊，秦楼阻，旅魂乱。芳草连空阔，残照满。佳人无消息，断云远。

【注释】

楚江：泛指南方的河流。
角：画角。
引：序曲。
旧赏：指往日的欢快如意之事。
劳：困顿疲惫。
秦楼阻：心爱的佳人被阻隔在远方。
旅魂乱：在宦途上奔波的征人心情沮丧，烦乱不堪。魂：心灵，情绪。

【译文】

一叶扁舟卷起船帆。暂时停泊在江边南岸。黄昏时孤城中响起画角声，又引出了胡笳的哀怨声。江水茫茫一片，平地上的大雁旋即被惊起飞散。烟气渐渐消散，一片片寒林如画屏般铺展开。天边的群山那样小，像美人的眉毛一样清浅。

轻易就抛弃了往日的欢乐，成了为做官到处游荡之人。真觉得客居他乡舟车劳顿太辛苦，转眼时光就过去。异乡的风景事物如此萧索，惹得我双眼布满忧愁。帝都遥远，心爱的人被阻隔在远方，身在旅途的人心情很不好。芳草蔓延到空阔的天边，残阳斜照。佳人毫无音讯，像浮云一样被吹远了。

78. 迷神引·红板桥头秋光暮

红板桥头秋光暮。淡月映烟方煦。寒溪蘸碧，绕垂杨路。重分飞，携纤手、泪如雨。波急隋堤远，片帆举。倏忽年华改，向期阻。

时觉春残，渐渐飘花絮。好夕良天长孤负。洞房闲掩，小屏空、无心觑。指归云，仙乡杳、在何处。遥夜香衾暖，算谁与。知他深深约，记得否。

【注释】

红板桥：地名，宋代汴京顺天门外。
寒溪蘸碧：寒冷的小溪如同蘸了染料一样清澈。
重分飞：重新回忆起当初分别时的情景。分飞，分别。
隋堤：建造于隋代的汴河大堤。
倏忽：时间过得很快。
向期阻：归期却被阻隔。
花絮：柳絮。
孤负：辜负。孤同“辜”。
小屏：即小屏风，室内陈设物，亦有置于炕头者，谓之炕屏，能映人影。
遥夜：长夜。

【译文】

红板桥头秋意正浓。淡淡的月亮笼罩着烟气。寒冷的小溪如同蘸了染料一样清澈，堤边种有垂柳。重新回忆起当初分别时的情景，携着纤纤素手，泪如雨下。水流得很快，隋堤很远，一叶孤帆升起来。忽然之间时间就过去了，归期受到了阻隔。

不知不觉间春天又快过去了，渐渐地飘起了柳絮。可惜辜负了如此良辰美景。房门半掩，空有小屏，无心去看。长长的夜里，香暖的被子，和谁一起盖呢？和他情深义重的约定，他还记得吗？

【辑评】

薛瑞生《柳永词选》：结句发以反问，尤见思念之深，所谓反言则切者。

79. 斗百花·煦色韶光明媚

煦色韶光明媚。轻霭低笼芳树。池塘浅蘸烟芜，帘幕闲垂飞絮。春困厌厌，抛掷斗草工夫，冷落踏青心绪。终日扃朱户。

远恨绵绵，淑景迟迟难度。年少傅粉，依前醉眠何处。深院无人，黄昏乍拆秋千，空锁满庭花雨。

【注释】

煦色：春天和煦的景色。
轻霭：薄雾。
浅蘸：轻轻地挨碰。
闲垂：没有必要的垂挂，帘幕本是用来遮掩夫妻亲昵之用的，由于丈夫不在家，帘幕也成了一种没有必要的摆设。
斗草：古代民间习俗，农历五月初五有斗草之戏，唐宋时称为“斗百草”。
扃（jiōng）：关闭门窗。
远恨：因丈夫不知在何处而产生不清不楚的满含情意的怨恨。
淑景：日影。景，通“影”。此处指美好的光阴。
年少傅粉：年轻貌美的少年，这里指主人公的丈夫。
依前：和从前一样。
醉眠：酒醉之后的睡眠。
空锁：白白锁住。
花雨：落花如雨。

【译文】

春光明媚，温暖和煦，淡淡的雾霭笼罩着芳树。池塘边的荒草也沾染上浅浅的烟气，帘幕闲闲地垂着，飞絮时不时飘来。春天犯困精神不济，抛开了斗草的游戏，也没了踏青的心思。整日闭门不出。

悠悠思念，绵绵恨意，时间过得这样慢。青春貌美的少年郎，和从前一样不知道在哪里眠花宿柳呢。院子里寂寞无人，黄昏时刚把秋千拆掉了，白白锁住满院子的落花。

80. 锦堂春 · 坠髻慵梳

坠髻慵梳，愁蛾懒画，心绪是事阑珊。觉新来憔悴，金缕衣宽。认得这、疏狂意下，向人诮、譬如闲。把芳容整顿，恁地轻孤，争忍心安。

依前过了旧约，甚当初赚我，偷翦云鬟。几时得归来，香阁深关。待伊要、尤云殢雨，缠绣衾、不与同欢。尽更深、款款问伊，今后敢更无端。

【注释】

坠髻：坠乱的发髻。
慵：懒。
愁娥：愁眉。
新来：近来。
认得：知道。
疏狂：此指狂放的人。
意下：心中。
诮：责怪。
譬如闲：若无其事。
整顿：整理。
甚：为什么。
赚：骗。
翦云鬟：古代情侣分离时，女子常剪发相赠。云鬟，女子如云的发鬟。
绣衾：绣花的被子。
款款：缓缓，慢慢。
无端：无赖。

【译文】

头发乱了也懒得梳，眉毛也懒得画，心绪烦乱，事事都觉得没意思。近来发觉有些憔悴瘦了，身上的衣服都显得宽松了。知道这狂放的人心里，对我也是视若等闲。我应该梳妆打扮，整理芳容，这样轻易地辜负了我，怎么心安?

你和从前一样过了约定的归期，为什么当初要骗我赠以秀发。等你什么时候回来，我一定紧紧关上房门不让你进来。等你想和我欢爱之时，我一定紧紧抱着绣被，不与你欢好。等到夜深了，我再慢慢问你，你下回还敢这样无赖爽约吗?

81. 驻马听·凤枕鸾帷

凤枕鸾帷。二三载、如鱼似水相知。良天好景，深怜多爱，无非尽意依随。奈何伊。恣性灵、忒煞些儿。无事孜煎，万回千度，怎忍分离。

而今渐行渐远，渐觉虽悔难追。漫寄消寄息，终久奚为。也拟重论缱绻，争奈翻覆思维。纵再会，只恐恩情，难似当时。

【注释】

凤枕鸾（luán）帷：指男女甜蜜恩爱的生活。
无非：无一不是。
依随：顺从，听从。
性灵：性情。
忒煞：太甚。
些儿：少许，一点点。
孜煎：愁苦，忧烦。
千度：千回，千遍。
寄消寄息：传送消息。
奚为：何为，没有办法。
拟：打算。
重论：重新选择。
缱（qiǎn）绻（quǎn）：形容感情难舍难分。
思维：思考。

【译文】

凤枕鸾帷的恩爱夫妻生活，已经过了两三年，还是相知相爱如鱼得水。良辰美景，给她深深的爱恋，满足她一切愿望，无不依随着她。怎奈何，她性情放纵有点过分。每当闲着无事的时候就会忧烦，来来回回地想，怎么能忍受分离呢。

如今离得越来越远了，渐渐开始有些后悔，可是却难以挽回。徒然寄送消息，最终也没有什么办法。也曾打算重新在一起，然而反复思量，纵然再见面，只恐怕情意也很难再似当年那样了。

82. 夜半乐·艳阳天气

艳阳天气，烟细风暖，芳郊澄朗闲凝伫。渐妆点亭台，参差佳树。舞腰困力，垂杨绿映，浅桃秾李，夭夭嫩红无数。度绮燕流莺斗双语。

翠娥南陌簇簇，蹑影红阴，缓移娇步。抬粉面，韶容花光相妒。绛绡袖举，云鬟风颤，半遮檀口含羞，背人偷顾。竞斗草、金钗笑争赌。

对此嘉景，顿觉消凝，惹成愁绪。念解佩、轻盈在何处。忍良时、孤负少年等闲度。空望极、回首斜阳暮。叹浪萍风梗知何去。

【注释】

澄朗：澄清明朗。
妆点：打扮。
舞腰：形容随风摇摆的柳枝。
秾（nóng）李：繁茂的李花。
夭夭：茂盛而艳丽。
嫩红：浅红。
斗双语：指燕与莺的鸣叫声双双相对。
南陌：南面的道路。
蹑影红阴：指女子的身影在花影中飘动。蹑，追随。
韶容：青春美丽的容貌。
绛绡（xiāo）：红色绡绢。绡，生丝织成的薄纱、细绢。

檀口：像檀木一样红而香的嘴唇。形容女性嘴唇好看。
偷顾：偷偷看。
轻盈：形容女子身姿轻快。

【译文】

艳阳天烟气淡薄，微风和暖，郊外澄明清朗，我长久伫立凝视。亭台渐渐得到了春意的装点，好看的树木高高矮矮。柳枝随风轻轻舞动，枝叶变绿，浅色的桃花浓艳的李花开得都很妖娆，还有无数浅红色的花。燕子和黄莺飞来飞去不停鸣叫，好像在对话。

南边路上有很多美人，花影中也是美人的身影，她们缓缓走动，抬起粉嫩的脸庞，美丽的容颜让花朵嫉妒。举起红绡做的衣袖。云鬟随着风吹轻轻颤动，美人害羞地半遮住红唇，背对着人偷偷看。大家争相玩斗草的游戏，笑着拿金钗做赌注。

面对这样的美景，突然感到伤怀而出神了，又勾起了我的愁绪。我想起心上的美丽姑娘，不知道她轻盈的身姿现在在哪里。怎忍辜负如此良辰，像少年时一样虚度时光。突然远望，再回头看时已是夕阳西下的傍晚。感慨自己像浪中的浮萍，风中的断梗一样漂泊无定，不知去往哪里。

83. 临江仙引・上国

上国。去客。停飞盖、促离筵。长安古道绵绵。见岸花啼露，对堤柳愁烟。物情人意，向此触目，无处不凄然。

醉拥征骖犹伫立，盈盈泪眼相看。况绣帏人静，更山馆春寒。今宵怎向漏永，顿成两处孤眠。

【注释】

上国：泛指京城以西地区，这里指华州。
去客：指离开的人。
飞盖：车行进时因风掀起的车盖衣。代指车驾。
促离筵：仓促的送行筵席。
烟：薄薄的雾。
触目：目光所及之处。
征骖（cān）：驾着车远行的马。
绣帏：代指闺房。
山馆：山村驿馆。
怎：怎奈。

【译文】

我在华州。就要离开了。停下飞驰的车驾，参加仓促的送行宴。长安古道绵延向前。看见岸边的花朵上带着露珠好像在啼哭，对面堤坝上的柳树被烟雾笼罩仿佛带着忧愁。面对这样的情景，那物的情状、人的情绪无处不透着凄凉。

带着醉意拥着马长久地站立，满眼含泪地对望着。更何况闺阁寂静无人，山村驿馆带着春寒。今天晚上怎么这么长，一下子两地分居孤枕难眠。

84. 临江仙引・画舸

画舸、荡桨，随浪前、隔岸虹。□荷占断秋容。疑水仙游泳，向别浦相逢。鲛丝雾吐渐收，细腰无力转娇慵。

罗袜凌波成旧恨，有谁更赋惊鸿。想媚魂香信，算密锁瑶宫。游人漫劳倦□，奈何不逐东风。

【注释】

画舸：华美的画船。
隔岸：对岸。
秋容：秋天的景色。
水仙：水中仙子。暗用曹植与洛神的典故。
别浦：银河。暗用牛郎织女的故事。
鲛丝：鲛人制作的轻薄的丝织品。这里指的是美人的衣衫。
雾吐：飘拂。
娇慵：柔弱慵懒。
凌波：形容女子脚步轻盈，好像在水波上行走。
媚魂：指水仙洛神。

【译文】

划动船桨，华美的船随着波浪前进，对面岸边出现一道彩虹。荷花枯萎，秋意正浓。好像是水中仙子在游泳，又好像牛郎织女在鹊桥相会。轻薄的纱衣如同鲛丝吐雾，在轻轻飘拂出去又慢慢收回来，腰肢纤细柔软，显得柔弱慵懒。

昔日“凌波微步，罗袜生尘”的美已经不复存在，还有谁能赋写那“翩若惊鸿”。想那艳丽的洛神及曹植送给她的信物玉佩，还深锁于瑶宫里吧。游人徒然疲劳，为何不去追寻仙子的踪迹呢。

【说明】

本词有两字脱漏。

85. 临江仙引·渡口

渡口、向晚，乘瘦马、陟平冈。西郊又送秋光。对暮山横翠，衫残叶飘黄。凭高念远，素景楚天，无处不凄凉。

香闺别来无信息，云愁雨恨难忘。指帝城归路，但烟水茫茫。凝情望断泪眼，尽日独立斜阳。

【注释】

陟（zhì）平冈：登上平缓的山冈。
香闺：女子的住处，代指女子。
云愁雨恨：指同情人分别的痛苦心情。
凝情：饱含感情。

【译文】

船停在渡口，已经快到晚上，我骑着瘦马，登上平缓的山冈。西边的郊外秋意正浓。远远看着，傍晚的青山横卧，枯黄的树叶飘落在我的衣衫上。登上高处思念远方的人，秋天的景色，南方的天空，无处不透着凄凉。

自从分别以后，她就没有传来消息，我的心情很痛苦，对她难以忘记。遥指回帝都的路，但中间隔着茫茫烟水。饱含着感情极目远望，两眼泪水朦胧，整天独自站着直到夕阳西下。

【辑评】

林玫仪《柳周词比较研究》“凭高念远，素景楚天，无处不凄凉。”……表面虽是写萧瑟空旷之秋景，事实却全为悲郁心境之写照。《乐章集》中，类此登山临水，望远兴怀之作甚多。其凄清空旷之情调，深刻真挚，至为感人。

86. 如鱼水・帝里疏散

帝里疏散，数载酒萦花系，九陌狂游。良景对珍筵恼，佳人自有风流。劝琼瓯。绛唇启、歌发清幽。被举措、艺足才高，在处别得艳姬留。

浮名利，拟拚休。是非莫挂心头。富贵岂由人，时会高志须酬。莫闲愁。共绿蚁、红粉相尤。向绣幄，醉倚芳姿睡，算除此外何求。

【注释】

疏散：散漫，不受拘束。
酒萦（yíng）花系：被美酒和美女牵绊。
狂游：纵情游逛。
良景：好景，美景。
珍筵：华贵的宴会。
恼：撩拨。王安石《夜直》：“春色恼人眠不得，月移花影上栏干。”
琼瓯（ōu）：琼玉做的酒杯，此处代指美酒。
举措：抬举，另眼相看。
在处：到处，处处。
别得：特别得到。
休：句末语气助词。
时：时运。
酬：完成，实现。
绿蚁：新酿的酒未过滤时，表面会浮起绿色如蚂蚁般的酒渣。

红粉：本指女子化妆用的脂粉，后代指女子。
相尤：相得益彰。尤，优异，突出。
绣幄：绣花的帷帐。此指女子的闺房。

【译文】

在帝都的时候散漫惯了，多年来饮酒作乐，纵情狂游在京城的大街上。被美景和珍馐佳肴所撩拨，美人自带风流韵味。美人张开朱唇，唱着清越的歌，劝着酒。我被推举为艺足才高，处处都能得到美人的挽留。

名利都是浮云，我要把它们都抛弃。是非不要总是挂在心头，富贵岂是能由得人的？时运来的时候，我高远的志向一定能实现。不要闲得发愁，还是与美酒美人相伴。喝醉之后走向美人的闺房，与美人同眠，除以之外，还能有什么要求呢。

87. 如鱼水·轻霭浮空

轻霭浮空，乱峰倒影，潋滟十里银塘。绕岸垂杨。红楼朱阁相望。芰荷香。双双戏、㶉鶒鸳鸯。乍雨过、兰芷汀洲，望中依约似潇湘。

风淡淡，水茫茫。动一片晴光。画舫相将。盈盈红粉清商。紫薇郎。修禊饮、且乐仙乡。更归去、遍历銮坡凤沼，此景也难忘。

【注释】

㶉鶒（xī chì）：水鸟名，比鸳鸯个子大，俗称紫鸳鸯。
清商：古五音之一。这里指歌曲。
紫薇郎：唐代中书侍郎的别称。
仙乡：美景之地。
銮坡凤沼：翰林院和中书省的别称。

【译文】

轻轻的雾气飘浮在空气里，山峰在水中映出倒影，十里银色池塘波光潋滟。环绕岸边种满了垂柳。红楼与朱阁相对。荷花香。㶉鶒和鸳鸯双双嬉戏。刚刚下了一阵雨，长满兰芷的小洲，望去仿佛是潇湘。

清风淡荡，水波茫茫。水波一动，一片亮光。画舫相伴游荡。身姿盈盈的美人唱着动听的歌曲。中书侍郎。修禊饮，还是在这美丽的风景中快乐着吧。更何况回去以后，走遍了翰林院和中书省，也难忘这样的景色。

88. 燕归梁·织锦裁篇写意深

织锦裁篇写意深。字值千金。一回披玩一愁吟。肠成结、泪盈襟。

幽欢已散前期远，无憀赖、是而今。密凭归雁寄芳音。恐冷落、旧时心。

【注释】

织锦：指锦书。
裁篇：一作“裁编”，指构思。
写意：表露心意。
披玩：把玩，仔细玩味。
肠成结：忧思郁结于心。肠，心肠，心中。
无憀赖：无聊赖。空虚，无聊。
而今：如今。
密凭：频频托付。

【译文】

佳人寄来书信，信里包含着她的深厚情意。字字值千金。我一遍遍回看把玩，每看一回就忍不住哀叹。心中愁思百结，眼泪沾湿衣襟。

欢乐的幽会早已过去，再次相聚的日子还很远。如今百无聊赖。频频托付归雁寄送佳音。只恐怕冷落了旧日的心意。

89. 燕归梁・轻蹑罗鞋掩绛绡

轻蹑罗鞋掩绛绡。传音耗、苦相招。语声犹颤不成娇。乍得见、两魂消。

匆匆草草难留恋、还归去、又无聊。若谐雨夕与云朝。得似个、有嚣嚣。

【注释】

轻蹑：轻轻地走。
草草：仓促。
谐：和谐，情投意合。
雨夕与云朝：早晚都能约会。
嚣嚣：满足。

【译文】

穿上绣鞋轻轻地走，掩了掩红色的衣服。听闻了他的消息，苦苦召唤而来。语调带着微微的颤抖，发不出娇媚的声音。刚一见面，魂都没了。

见面十分匆促，难以留下，他还是归去了，又开始无聊了。如果情投意合，早晚都能见面约会。如果真能那样，那我就满足了。

90. 望远行·绣帏睡起

绣帏睡起。残妆浅、无绪匀红补翠。藻井凝尘，金梯铺藓，寂寞凤楼十二。风絮纷纷，烟芜苒苒，永日画阑，沈吟独倚。望远行，南陌春残悄归骑。

凝睇。消遣离愁无计。但暗掷、金钗买醉。对好景、空饮香醪，争奈转添珠泪。待伊游冶归来，故故解放翠羽，轻裙重系。见纤腰围小，信人憔悴。

【注释】

匀红：涂抹胭脂。
补翠：一作“铺翠”，画眉。
藻井：绘有彩色花纹像井口一样的天花板。
凝尘：结满灰尘。
金梯：对台阶的美称。
藓：苔藓。
凤楼：本指宫中楼阁，此指女子闺房。
十二：即十二重，言闺房之深。
苒苒：形容生长得很茂盛。
南陌：南边的道路。
暗掷：默默地拿了。
醪（láo）：酒。
游冶：出游玩乐。
故故：故意。

解放：打开系着或束着的东西。
翠羽：翠云裘，用翠羽编织成的云纹衣裙。
信人：有诚信的人。

【译文】

睡醒起床从绣帷中出来。妆已残，变得浅淡。没什么心情涂脂抹粉画蛾眉。藻井积了很多尘土，台阶上长满了苔藓。闺阁中十分寂寞。风中的柳絮飘飘，烟气笼罩的草地茂盛，整天独自靠在栏杆旁沉吟深思。遥望出远门的人，南边的路上春意已尽，远行的人还没有归来的身影。

除了凝望，没有别的办法消除离愁。悄悄抛掉金钗去买醉。看着美好的景色，独自饮酒，怎奈反添了泪珠。等你出游归来，故意解开外套的翠云裘，重新穿上轻薄的衣裙。让你看看我的纤腰，看看讲信用的人是多么憔悴。

91. 集贤宾・小楼深巷狂游遍

小楼深巷狂游遍，罗绮成丛。就中堪人属意，最是虫虫。有画难描雅态，无花可比芳容。几回饮散良宵永，鸳衾暖、凤枕香浓。算得人间天上，惟有两心同。

近来云雨忽西东。诮恼损情悰。纵然偷期暗会，长是匆匆。争似和鸣偕老，免教敛翠啼红。眼前时暂疏欢宴，盟言在、更莫忡忡。待作真个宅院，方信有初终。

【注释】

就中：其中。
堪：值得。
属意：注意。
诮恼：忧愁烦恼。诮，通“悄”。
情悰（cóng）：情怀，心情。
争似：怎么比得上。
和鸣：比喻夫妻感情和睦。
敛翠啼红：皱眉流泪。翠指女子的眉毛。红指女子伤心时落下的泪。
忡（chōng）忡：内心不安的样子。
真个：真的。
宅院：指家眷妻妾。
初终：始终。

【译文】

逛遍了小楼深巷，衣着华丽的女子甚多。其中我最属意的就是虫虫。她优雅的姿态很难画出来，她美丽的容貌无法用花朵来比拟。很多次酒宴散后的美好夜晚都是和虫虫在一起，鸳鸯被很暖，凤凰枕上香气浓。不管是天上人间，只有我俩同心同意。

近来忽然分离了。烦恼破坏了好心情。纵然有偷偷约会见面，奈何总是来去匆匆。怎么才能比得上感情和睦的夫妻，让你不要皱眉啼哭。眼前只是暂时的分离，只要我们的盟约誓言还在，不要忧心忡忡了。等我真的把你娶回家，方才会相信我们的爱情是有始有终的。

92. 御街行 · 前时小饮春庭院

前时小饮春庭院。悔放笙歌散。归来中夜酒醺醺，惹起旧愁无限。虽看坠楼换马，争奈不是鸳鸯伴。

朦胧暗想如花面。欲梦还惊断。和衣拥被不成眠，一枕万回千转。惟有画梁，新来双燕，彻曙闻长叹。

【注释】

前时：从前，以前。
笙歌：此指酒筵歌席。
醺醺：形容喝醉的样子。
坠楼换马：坠楼，引用石崇爱妾绿珠，曾为石崇坠楼而死的典故。换马，引用鲍生的爱妾以身换得鲍生喜爱的骏马典故。
和衣拥被：穿着衣服，裹着被子。
彻曙：直到完全天亮。

【译文】

从前有一次，我在一处庭院里饮酒，有歌有舞，待歌舞散尽，她也走了，我有点后悔轻易放走了她。喝酒喝到半夜，有些醉了，无限的旧日忧愁涌上心头。虽然绿珠可以为石崇坠楼而亡，鲍生的爱妾可以为他以身换马，但他们都不是可以相伴一生的鸳鸯。

我醉意朦胧中，心里默默想着那如花般美丽的面容。本想接着睡梦见她，但又突然惊醒了。穿着衣服裹着被子，辗转反侧，难以成眠。只有画梁上新来的燕子，彻夜听我叹息。

93. 凤衔杯·追悔当初孤深愿

追悔当初孤深愿。经年价、两成幽怨。任越水吴山，似屏如障堪游玩。奈独自、慵抬眼。

赏烟花，听弦管。图欢笑、转加肠断。更时展丹青，强拈书信频频看。又争似、亲相见。

【注释】

深愿：深切的愿望。
经年价：经过这么多年。价，语尾助词，无实意。
两：指夫妻二人。
幽怨：郁结于心的愁和恨。
任：任凭。
越水吴山：吴越二地的山山水水。越、吴，今江浙一带。
似屏如障：好像屏风上画的一样美丽。屏、障，均指屏风。
烟花：春天里如烟似画的美景。
弦管：泛指歌吹弹唱。
转加：反而更加。
时：时常。
丹青：指妻子的画像。
拈：用手搓开。

【译文】

后悔当初辜负了深切的心愿。经过这么多年，两人内心都有怨恨。任凭吴山越水的景色美得像屏风上画出来的一样值得去游玩。奈何独自一人，懒得去欣赏。

看春天那如烟似画的美景，听悦耳动听的音乐。本来是想感受下欢声笑语，反而更加伤心得愁肠寸断。更时常展开妻子的画像，常常打开寄来的书信。可这又怎么比得上亲身相见呢。

94. 凤衔杯・有美瑶卿能染翰

有美瑶卿能染翰。千里寄、小诗长简。想初襞苔笺，旋挥翠管红窗畔。渐玉箸、银钩满。

锦囊收，犀轴卷。常珍重、小斋吟玩。更宝若珠玑，置之怀袖时时看。似频见、千娇面。

【注释】

瑶卿：神话传说中王母的美貌侍女，这里指代作者的妻。
染翰：写字作诗。
襞（bì）：折叠。
苔笺（jiān）：古纸名。古代造纸时在纸浆中加入海苔、发菜等而造出来的有纤维纹理的纸笺。
翠管：笔杆用翠玉做成的毛笔。
玉箸、银钩：分别指篆书和草书，此处虚指书法。
犀轴：犀角做的装裱书画时用的画轴。

【译文】

我的妻子是位会写字作诗的才女。从千里之外寄来一首小诗、一封长信。我想象着，她刚折叠纸张准备书写的时候，在红窗前挥动毛笔。一会儿就写好了。篆书似玉做的筷子一样，草书像银色的钩子一样。

将信放入锦囊中，用犀轴卷起来。我非常珍视，经常在小书斋里拿出来把玩。更把它们当成是珠宝，放在袖子里方便时时拿出来看。这样就好像能常常见到她那千娇百媚的面容一样。

95. 两同心·伫立东风

伫立东风，断魂南国。花光媚、春醉琼楼，蟾彩迥、夜游香陌。忆当时、酒恋花迷，役损词客。

别有眼长腰搦。痛怜深惜。鸳会阻、夕雨凄飞，锦书断、暮云凝碧。想别来，好景良时，也应相忆。

【注释】

南国：南方，江南。
琼楼：对思念之人所居青楼的美称。
蟾彩：即蟾光，月光。古代神话传说月中有蟾蜍，因此月亮也被称为蟾。
迥：远。
香陌：这里指有很多妓院的街道。
役损：因劳碌而有损伤。
词客：词人。
腰搦：一手就能握住的腰身，形容腰很细。搦，用手握。
鸳会：鸳鸯相会，比喻情人相聚。
夕雨凄飞：傍晚冷雨纷飞。凄，寒冷。
锦书：妻子寄给丈夫的书信。

【译文】

在春风里我长久站立，陶醉在江南的风景里。春天花朵鲜亮妩媚，在阁楼上喝醉，月光显得很遥远，夜里游冶烟花之地。回忆当年，我迷恋美酒与美人，因劳碌而有损伤。

特别是有一位眼睛美丽腰肢纤细的美人。我对她非常疼惜。后来分隔两地，相会受阻，心情就好像傍晚飘飞的凄风苦雨；书信中断，心里就好像傍晚天空中沉沉的乌云。想来，自分别后，每到良辰美景，她也在思念着我吧。

96. 两同心·嫩脸修蛾

嫩脸修蛾，淡匀轻扫。最爱学、宫体梳妆，偏能做、文人谈笑。绮筵前、舞燕歌云，别有轻妙。

饮散玉炉烟袅。洞房悄悄。锦帐里、低语偏浓，银烛下、细看俱好。那人人，昨夜分明，许伊偕老。

【注释】

绮筵：华丽的宴席。
轻妙：轻盈美妙。
玉炉：玉制香炉。
伊：你。

【译文】

在娇嫩的脸庞上涂抹淡淡的脂粉，轻轻画扫修长的蛾眉。最爱学皇宫中梳妆的样式，也能像文人一样谈笑风生。在豪华的宴席上，像赵飞燕一样舞动，歌声高入云霄，特别轻盈美妙。

酒席散去，香炉中的青烟袅袅飘起。房间里静悄悄的。锦帐里柔情蜜意轻声低语，银烛下细细看来觉得哪里都好。昨天晚上郎君分明许诺要与你白头偕老。

97. 玉楼春·昭华夜醮连清曙

昭华夜醮连清曙。金殿霓旌笼瑞雾。九枝擎烛灿繁星，百和焚香抽翠缕。

香罗荐地延真驭。万乘凝旒听秘语。卜年无用考灵龟，从此乾坤齐历数。

【注释】

昭华：古代管乐器名，后泛指音乐声。
醮（jiào）：一种祭祀鬼神的祭礼。
清曙：清晨。
霓旌（jīng）：帝王仪仗中装饰有五色羽毛的旗子。
瑞雾：指祥瑞之气。
九枝：一干九枝的烛灯。亦泛指一干多枝的灯。
擎：举。
百和焚香：即“焚百和香”。百和，由各种香料混合成的香。
抽翠缕：冒出丝丝缕缕的青烟。
香罗：纱罗的美称。
荐：垫，铺。
延：请。
真驭：真君的御驾。
万乘：天子，帝王。
卜年：占卜预测国家统治的年数。
考灵龟：考察龟甲的裂纹，以此来预测吉凶。
历数：历法。

【译文】

仙乐整夜演奏一直到清晨。华丽宫殿旁的五彩旌旗笼罩在祥瑞之气里。无数灯火灿若繁星，燃着的百和香冒出丝丝缕缕的青烟。

绫罗绸缎铺在地上等待着神仙御驾的到来。皇帝凝视细听仙家秘语。不用再用灵龟占卜预测，从此以后国家的年数就如同天地一样长久了。

98. 玉楼春·皇都今夕知何夕

皇都今夕知何夕。特地风光盈绮陌。金丝玉管咽春空，蜡炬兰灯晓夜色。

凤楼十二神仙宅。珠履三千鹓鹭客。金吾不禁六街游，狂杀云踪并雨迹。

【注释】

特地：特别。
兰灯：用泽兰子炼制的油脂点的灯。
鹓鹭客：鹓和鹭是两种鸟，飞行时队列整齐。古人常用来喻朝官班行。
金吾不禁：取消夜禁。金吾：官名，掌管京城的戒备防务。
云踪、雨迹：比喻男女欢爱。

【译文】

今晚的帝都不知道是什么特殊的日子。繁华的街道上到处都是特别的景象。各种乐器声回响在京城的夜空里，蜡烛火炬等各种灯火照亮了夜色。

重重凤楼华美得宛如神仙居住的地方。衣着华美的文武百官将领受皇帝的赐宴。宵禁被取消了，大街上都是游冶的人，男男女女欢爱游玩到了疯狂的地步。

99. 玉楼春·凤楼郁郁呈嘉瑞

凤楼郁郁呈嘉瑞。降圣覃恩延四裔。醮台清夜洞天严，公宴凌晨箫鼓沸。

保生酒劝椒香腻。延寿带垂金缕细。几行鹓鹭望尧云，齐共南山呼万岁。

【注释】

郁郁：华盛的样子。
降圣覃（tán）恩：圣祖降临，广布恩泽。
醮台：祭祀神仙的祭台。
洞天：本指神仙居住的地方，这里指的是供奉圣祖的道场。
保生酒：宋代保生长寿的酒。
椒香：花椒酒的香气。
腻：绵软醇厚。
延寿带：宋代在降圣节时，人们会相互赠送缀有珠玉金银的罗带。
鹓鹭：这里指的是群臣。
尧云：皇帝。

【译文】

凤楼华盛呈现嘉瑞之气。圣祖降临，广布恩泽，四方受益。夜晚的祭台显得很清冷，供奉圣祖的道场庄严肃穆，朝廷举办的宴会到凌晨了还箫鼓声沸。

劝喝保生酒，椒酒醇厚，延寿带垂下细细的金丝。大臣们队列整齐仰望皇帝，祝愿皇帝长寿万岁。

100. 玉楼春·星闱上笏金章贵

星闱上笏金章贵。重委外台疏近侍。百常天阁旧通班，九岁国储新上计。

太仓日富中邦最。宣室夜思前席对。归心怡悦酒肠宽，不泛千钟应不醉。

【注释】

星：郎官。
闱（wéi）：宫中的小门。代指朝廷。
上笏（hù）：手拿着笏板上朝。
金章：重要的奏章。
外台：外官，负责监察民俗。
近侍：皇帝身边的近臣。
百常：很高。
天阁：朝廷。
通班：通行的朝位班序。
太仓：京城的粮仓。
宣室：汉代未央宫中有皇帝斋戒的宣室殿。这里代指皇宫。
前席：往前移动坐着。《史记·商君列传》："卫鞅复见孝公。公与语，不自知膝之前于席也。"比喻听得入迷，对人才很重视。
怡悦：愉悦。
酒肠宽：酒量很大。形容开怀畅饮。
泛：满饮。

【译文】

朝廷里的郎官拿着笏板上朝带着重要的奏章，建议皇帝重用监察民情的外官，疏远近臣。朝廷沿用的是旧的朝班，九岁太子新册立。

粮仓日益丰富，京城数第一。天子会在宣室静思，也会重用人才。归顺之心很愉悦，开怀畅饮，不喝个千杯，应该是醉不了的。

101. 玉楼春·阆风歧路连银阙

阆风歧路连银阙。曾许金桃容易窃。乌龙未睡定惊猜，鹦鹉能言防漏泄。

匆匆纵得邻香雪。窗隔残烟帘映月。别来也拟不思量，争奈馀香犹未歇。

【注释】

阆（làng）风：昆仑仙山。
银阙：西王母居住的宫殿。
金桃：西王母种的仙桃。窃金桃比喻偷情。
乌龙：狗。
邻：亲近。
香雪：指女子。
歇：消散。

【译文】

昆仑仙山上的小路通向西王母住的宫殿，曾经许诺给我的金桃很容易就偷到了。狗还没睡着定会惊醒猜疑，鹦鹉会说话也得防着泄露。

急匆匆地亲近了一下佳人，隔着窗子，有淡淡的烟气，帘子上映着月影。自从分别以来，本不打算思念，奈何佳人的余香还没有散去。

102. 倾杯乐·禁漏花深

禁漏花深，绣工日永，蕙风布暖。变韶景、都门十二、元宵三五，银蟾光满。连云复道凌飞观。耸皇居丽，嘉气瑞烟葱蒨。翠华宵幸，是处层城阆苑。

龙凤烛、交光星汉。对咫尺鳌山开羽扇。会乐府两籍神仙，梨园四部弦管。向晓色、都人未散。盈万井、山呼鳌抃。愿岁岁，天仗里、常瞻凤辇。

【注释】

花深：花草茂盛。
绣工：指太阳，太阳就像是一个刺绣工人一样，不断在大地上绣出各种美丽的图画。
日永：一日比一日长。
蕙风：带有蕙花香气的风。
布暖：温暖人间。
变韶景：变成春天的光景。
银蟾：月亮，月亮常被称为蟾宫。
光满：月圆。
葱蒨（qiàn）：茂盛的草木。
翠华：天子乘坐的装饰有翠羽的车驾。代指天子。
层城：仙乡。
阆苑（yuàn）：传说中的仙人所居之处。
梨园：戏班子。此指乐府、教坊之类。
四部：四部乐工，即龟兹、大鼓、胡、军乐。泛所有管弦乐。

【译文】

随着宫中漏壶一点点滴水，时间慢慢过去，花草渐渐茂盛起来，太阳像一个绣工一样，为大地织就美丽图案，带着蕙花香气的风将温暖带向大地。整个京城的春天渐渐来了，正月十五元宵节月亮很圆。一座座高楼之间的通道几乎高耸入云。皇族的住处高耸华丽，茂盛的花草树木笼罩在祥瑞之气中。元宵佳节天子莅临，蓬荜生辉，犹如到了仙乡。

龙凤花纹的蜡烛与天空中的银河交辉相应。在距离鳌山很近的地方，打开羽扇，翩翩起舞。由乐府管理的民官两籍乐伎和梨园四部乐工聚集一起狂欢。快到天亮的时候，人们还没散去。大街上满是山呼万岁的人们。祝愿年年能见到天家的仪仗。

103. 倾杯乐 · 皓月初圆

皓月初圆，暮云飘散，分明夜色如晴昼。渐消尽、醺醺残酒。危阁迥、凉生襟袖。追旧事、一晌凭阑久。如何媚容艳态，抵死孤欢偶。朝思暮想，自家空恁添清瘦。

算到头、谁与伸剖。向道我别来，为伊牵系，度岁经年，偷眼觑、也不忍觑花柳。可惜恁、好景良宵，未曾略展双眉暂开口。问甚时与你，深怜痛惜还依旧。

【注释】

危阁迥：登上高阁远望。迥，远，这里指看得远。
一晌：一顿饭的工夫，时间很短。
媚容艳态：娇媚的容貌和娇艳的体态。
抵死：到死，坚决之意。
孤欢偶：缺少伴侣。
朝思暮想：朝朝暮暮无不在思念。
算到头：从头往后细细地回想。
为伊牵系：因为牵挂着你。伊，你。
度岁经年：以一年的时间为期。
觑（qù）：偷看。
暂开口：第一次开口。
深怜痛惜：深切地相怜相惜。

【译文】

银白色的月亮刚刚变圆，傍晚的云飘散开去，夜色分明，亮如白昼，醉意渐渐消散。在高楼上极目远望，凉风钻进衣袖里。回忆往事，以为是一小会儿的工夫，哪知已经靠在栏杆上很久了。为什么我容貌妩媚姿态娇艳，却孤单一人无伴侣。这样日夜思念，白白让自己消瘦下去。

从头到尾细思量，谁能给我剖析一下？分别时你说还会回来，因为牵挂着我，以一年为期，偷偷看别人，也不看别的女子。可惜啊，白白辜负了良辰美景，我再也不曾展眉欢笑，也不曾开口说话。什么时候还能再见到你，像以前一样相恋相爱。

【辑评】

周济在《介存斋论词杂著》中所言：柳永的词“铺叙委宛，言近意远，森秀幽淡之趣在骨”。

104. 倾杯乐・楼锁轻烟

楼锁轻烟，水横斜照，遥山半隐愁碧。片帆岸远，行客路杳，簇一天寒色。楚梅映雪数枝艳，报青春消息。年华梦促，音信断、声远飞鸿南北。

算伊别来无绪，翠消红减，双带长抛掷。但泪眼沈迷，看朱成碧，惹闲愁堆积。雨意云情，酒心花态，孤负高阳客。梦难极。和梦也、多时间隔。

【注释】

楚梅：南方的梅花。
青春：春天。
梦促：像梦一般匆促消逝。
翠消红减：原指花叶凋零，这里指的是女子消瘦。
双带：衣服上的带子。
看朱成碧：形容眼花缭乱。
雨意云情：男女云雨之情。
酒心花态：喝酒看花的心态。
高阳客：这里指的是作者自己。
和：甚至。
间隔：间断，中止。

【译文】

春天的烟气轻轻笼罩着高楼，夕阳西下横入江水中，远山半隐在一片忧愁的碧色中。一片孤帆离岸远去，在外的人旅途遥远，天空中积满了寒色。几枝南方的梅花在雪中鲜艳地开放，报示着春天的讯息。年华像梦一般匆促消逝，音信断绝，南北分飞的大雁，哀鸣声远。

料想她也是自从分别后没什么心情，憔悴消瘦，衣服上的两根带子就抛去不用了。然而泪眼模糊，视线混乱。忧愁堆积起来。男女云雨之情，饮酒赏花之心，我都要辜负了。梦也很难达到。更甚者，连这短暂的梦境也多时没有了。

105. 击梧桐·香靥深深

香靥深深，姿姿媚媚，雅格奇容天与。自识伊来，便好看承，会得妖娆心素。临歧再约同欢，定是都把平生相许。又恐恩情，易破难成，未免千般思虑。

近日书来，寒暄而已，苦没忉忉言语。便认得、听人教当，拟把前言轻负。见说兰台宋玉，多才多艺善词赋。试与问、朝朝暮暮。行云何处去。

【注释】

靥（yè）：酒窝。
雅格：典雅有格调。
天与：天生的。
好看承：好好对待。
会得：理解，明白。
妖娆：娇艳美好。
忉忉（dāo dāo）：絮絮叨叨，指那些亲昵的话语。
认得：使人认为。
见说：听说。
兰台宋玉：典故出自宋玉《风赋》："楚襄王游于兰台之宫，宋玉、景差侍。"后人称宋玉为"兰台公子"。
试与问：试问。

【译文】

带着香气的脸蛋上有深深的酒窝，姿态妩媚，典雅有格调，这等气质好像是天生的。自从认识以来，便得到了她好好的对待，知道了她美好的心意。临别之时相约再次欢聚，到时候一定把终身许给她。可我又害怕情意容易破碎，不容易得到成全，因此未免想得有点多。

近来的来信，都是随意的寒暄，没有絮絮叨叨的亲昵话。这样让人认为，你是不是听了别人的闲言碎语，把我们之前的誓言给轻易辜负了。听说兰台公子宋玉多才多艺，善诗词歌赋。试问，我们的爱情本像楚襄王和巫山神女那样朝朝暮暮在一起。可行云将往哪里去呢?

106. 柳腰轻・英英妙舞腰肢软

英英妙舞腰肢软。章台柳、昭阳燕。锦衣冠盖，绮堂筵会，是处千金争选。顾香砌、丝管初调，倚轻风、佩环微颤。

乍入霓裳促遍。逞盈盈、渐催檀板。慢垂霞袖，急趋莲步，进退奇容千变。算何止、倾国倾城，暂回眸、万人断肠。

【注释】

英英：歌伎名。
章台：汉代长安的繁华街道。
昭阳燕：昭阳宫的赵飞燕。
霓裳：即《霓裳羽衣曲》。
促遍：古代音乐术语，促是促拍；遍是大曲的段落。
逞：展现。
檀板：檀木拍板。
莲步：这里指像莲花一样的舞步。
倾国倾城：形容女子绝美。
断肠：此指为舞者的美艳而绝倒。

【译文】

英英的舞姿真美妙，腰肢柔软好像章台街的柳枝，堪比昭阳宫的赵飞燕。多少富豪权贵，在华丽的大厅摆上珍馐佳宴，都争着以千金邀请她去。她回头看了眼台阶，音乐响起，随后她好像随风起舞，身上佩戴的环佩微微颤动。

突然转入了《霓裳羽衣曲》。她展现着盈盈的身姿，紧紧地跟随着渐渐急促的节拍。慢慢垂下云霞般的衣袖，快快移步，在进退间展现了千万种表情。看这样的她，美丽得倾国倾城，只是一个短暂的回眸，就能让万人为之销魂。

107. 柳初新·东郊向晓星杓亚

东郊向晓星杓亚。报帝里、春来也。柳抬烟眼，花匀露脸，渐觉绿娇红姹。妆点层台芳榭。运神功，丹青无价。

别有尧阶试罢。新郎君、成行如画。杏园风细，桃花浪暖，竞喜羽迁鳞化。遍九陌、相将游冶。骤香尘，宝鞍骄马。

【注释】

向晓：天快亮的时候。
星杓（biāo）：指北斗星的第五、六、七颗星玉衡、开阳、摇光三星所组成的那部分。
亚：指北斗星第五、六、七三颗星在其他四星的下方，其他四星为冠，此三星为亚，北斗星这种排列表示初春天将破晓。
烟眼：柳树刚发出的嫩黄色嫩芽被烟气笼罩着。眼，柳树发芽处的芽眼。
花匀：花朵粉嫩得如同涂脂抹粉的美人脸蛋。
露脸：指如同美人脸庞的花瓣上沾满了露水。露，露水。
层台芳榭：高大美丽的台榭。榭，建筑在高台上的房屋。
运神功：运用神奇的功力。神功，即“神工”，指大自然的创造力。
丹青无价：指春天如同大自然创造出的美丽图画，是无价的。
尧（yáo）阶：皇宫里朝堂的台阶。尧是中国古代深受人民爱戴的皇帝，这里指的是宋代皇帝。

试：皇帝亲自面试的殿试。
新郎君：新考中的进士。
成行：指排列整齐。
如画：仿佛画中人。
杏园：唐朝新进士宴请游玩之地，后引申为进士及第。这里指的是宋代的琼林苑。
浪暖：温暖的粉红色的桃花被风吹动像波浪一样舞动。
竞喜：拟人化，指杏园内的微风和桃浪都很高兴欢喜。
羽迁鳞化：羽化成仙和鱼跃龙门，均指由平民百姓而成为有功名的新进士。
遍九陌：京城里的所有街道。
骤：马快跑。
宝鞍骄马：指装饰豪华的骏马。

【译文】

天快亮的时候，帝都东边郊外的天空出现了醒目的北斗七星。它在告诉人们，春天来了。柳树已经发芽了。花朵粉嫩得如同涂脂抹粉的美人脸蛋，上面沾满了露水。人们才渐渐发觉真是姹紫嫣红。这些将层台芳榭装点得十分美丽。大自然运用神奇的力量，将春天创造得如同画卷一般。

特别是经过殿试，及第的进士们鱼贯出行游览，俊美如画。御花园里的风轻轻吹来，温暖的粉红色的桃花被风吹动像波浪一样摆动，新进士们鱼跃龙门一步登天。整个大街上，他们相约为伴继续游冶。骏马飞驰，带起了阵阵香尘。

108. 巫山一段云·阆苑年华永

阆苑年华永，嬉游别是情。人间三度见河清。一番碧桃成。

金母忍将轻摘。留宴鳌峰真客。红狵闲卧吠斜阳。方朔敢偷尝。

【注释】

年华：时光。
嬉游：游玩。
碧桃：传说中三千年结果的西王母蟠桃。
真客：仙人。
狵（máng）：多毛的狗。
方朔：指东方朔。后人捧他为岁星。

【译文】

住在阆苑的西王母年华永驻，在这里游玩别有一番情趣。人间三千年才能见到黄河三次变清澈。西王母的蟠桃三千年结一次果。

西王母怎忍心将蟠桃摘下。留着蟠桃在鳌峰宴请仙人们。红毛狗懒散地趴着，冲着夕阳吠。东方朔敢偷偷尝一尝蟠桃。

109. 巫山一段云・萧氏贤夫妇

萧氏贤夫妇，茅家好弟兄。羽轮飙驾赴层城。高会尽仙卿。

一曲云谣为寿。倒尽金壶碧酒。醺酣争撼白榆花。踏碎九光霞。

【注释】

萧氏贤夫妇：指萧史、弄玉夫妻二人。
茅家好弟兄：指茅盈、茅固、茅衷三兄弟。相传他们一齐成仙。
羽轮：仙人乘坐的仙鹤或凤凰拉的车。
飙驾：御风而行的车。
层城：古神话中神仙居住的昆仑山上的高城。
高会：规模很大的宴会。
云谣：即《白云谣》。《穆天子传》记载：周穆王到昆仑山游览，见到了西王母，受到了西王母在瑶池的宴请。临走时西王母作《白云谣》为他送行。
为寿：祝寿。
白榆：传说中仙境的树名。
九光霞：五彩绚烂的云霞。

【译文】

萧史、弄玉是好夫妇，茅家三兄弟是好兄弟。驾着羽轮和飙驾赶赴层城的宴会。这个宴会宴请了众多仙人。

一曲《白云谣》为西王母祝寿。喝光了金壶内的美酒。有些醉意的仙人们争先摇晃开花的白榆树，踏碎了五彩绚烂的云霞。

110. 巫山一段云·六六真游洞

六六真游洞，三三物外天。九班麟稳破非烟。何处按云轩。

昨夜麻姑陪宴。又话蓬莱清浅。几回山脚弄云涛。仿佛见金鳌。

【注释】

六六真游洞：神仙居住的三十六洞天。
三三物外天：九天。
九班麟稳：九仙。
云轩：神仙乘坐的车。
麻姑：女仙名。
金鳌：是中国神话中的一种神龟。象征权利和财富，头尾像龙，生活在海里的金色神龟。

【译文】

三十六洞天，世外九天。九仙麒步稳称，冲破彩云。什么地方可以摸到云轩。

昨天晚上仙女麻姑在宴会上作陪。又说道蓬莱的水清澈不深。她曾经好几次在仙山脚下拨弄云涛，看到了那里的金龟。

111. 巫山一段云·清旦朝金母

清旦朝金母，斜阳醉玉龟。天风摇曳六铢衣。鹤背觉孤危。

贪看海蟾狂戏。不道九关齐闭。相将何处寄良宵。还去访三茅。

【注释】

清旦：清晨。
金母：即西王母。
玉龟：西王母所居之处。
六铢衣：仙人的衣服。
孤危：高耸。

【译文】

清晨拜见西王母，夕阳西下的时候在西王母居住的地方喝醉了。天上的风吹动仙人的衣服。在仙鹤的背上觉得太高了。

看刘海戏蟾的戏曲。不知不觉九天大门已关闭。相约为伴去哪里度过这美好的夜晚呢。还是去拜访茅山三兄弟吧。

112. 巫山一段云·琪树罗三殿

琪树罗三殿，金龙抱九关。上清真籍总群仙。朝拜五云间。

昨夜紫微诏下。急唤天书使者。令赍瑶检降彤霞，重到汉皇家。

【注释】

琪树：神话中的玉树。
三殿：神仙居住的宫殿。
九关：九重天门。
上清：道教中的上清境。
真籍：神仙的名籍。
总：统领。
五云：神仙乘的五色祥云。
紫微诏：天帝的诏书。
赍（jī）：馈赠。
瑶检：玉牒文的封套，借指玉牒文，这里指天书。
彤霞：代表祥瑞的云霞。
汉皇家：此指宋王朝。

【译文】

神仙居住的三殿周围种满了琪树，九重天门上金龙环抱。上清境的名籍总管着神仙。神仙们在五彩祥云间朝拜。

昨天晚上天帝下了诏书。急急唤来传达天书的使者。赠送天书，降下祥瑞云霞，重新到了皇朝。

113. 抛球乐·晓来天气浓淡

晓来天气浓淡，微雨轻洒。近清明、风絮巷陌，烟草池塘，尽堪图画。艳杏暖、妆脸匀开，弱柳困、宫腰低亚。是处丽质盈盈，巧笑嬉嬉，争簇秋千架。戏彩球罗绶，金鸡芥羽，少年驰骋，芳郊绿野。占断五陵游，奏脆管、繁弦声和雅。

向名园深处，争抳画轮，竞羁宝马。取次罗列杯盘，就芳树、绿阴红影下。舞婆娑，歌宛转，仿佛莺娇燕姹。寸珠片玉，争似此、浓欢无价。任他美酒，十千一斗，饮竭仍解金貂赊。恣幕天席地，陶陶尽醉太平，且乐唐虞景化。须信艳阳天，看未足、已觉莺花谢。对绿蚁翠蛾，怎忍轻舍。

【注释】

天气浓淡：天气忽晴忽阴。
烟草：被烟气笼罩的芳草。
丽质：指浓妆艳抹的女子。
巧笑：美丽动人的笑，一般指女子之美。
彩球罗绶：彩球上系着方便持握的丝带。
金鸡芥羽：指斗鸡游戏。芥羽，一种说法是斗鸡者将芥末撒在鸡羽上，以刺激鸡战斗；还有一种说法是为鸡翅穿上甲衣。
五陵：指华贵公子。五陵是西汉五位皇帝的陵墓所在地，汉元帝之前，贵族富豪们会被要求迁徙去供奉陵园，因此豪族子弟就被称为五陵少年。

脆管：笛子。
繁弦：繁杂的弦乐声。
和雅：谓乐曲的声调和谐雅正。
抳（nǐ）：停止。
羁：束缚，此指拴马。
姹（chà）：美丽。
十千一斗：形容酒的价格昂贵。千，指千钱，古代用绳从钱币中间的孔中串起来，一千钱是一贯。
金貂赊：用金貂赊酒。金貂，帽子。
幕天席地：以天为幕，以地为席，形容放纵形骸，一醉方休。
陶陶：其乐融融的样子。
唐虞：唐尧和虞舜。
绿蚁翠蛾：指美酒和美女。

【译文】

清晨时天气时晴时阴，下了一阵小雨。快到清明节了，满街都飘着柳絮，池塘边的芳草被烟气笼罩着，真真是一幅美丽的风景画。艳丽的杏花好像美人涂抹脂粉的脸，柔弱的柳树堪比楚宫美人的细腰。到处都是浓妆艳抹的美丽女子，她们巧笑倩兮，嬉笑玩闹，争着要去荡秋千。少年们有的在玩系着丝带的彩球，有的在玩斗鸡，有的策马奔腾到芳草丛生的郊外去。曾经贵族少年们游玩的地方现在满是人，笛声清越，和弦繁杂和雅。

向着有名的园子深处走去，争着停下车轮，拴住宝马。在芳树绿荫下，随便摆放着杯盘。舞姿婆娑，歌声婉转，仿佛娇莺姹燕。寸大的珠子片状的玉石，也比不上此刻的无价的欢乐。不管美酒千金贵，喝完了还要拿帽子去换酒喝。恣情纵意，幕天席地，在这太平盛世陶陶然喝醉，就好像是在贤明的尧舜时代一样。要知道艳阳天很容易过去，还没看够，就觉得春天要过去了。面对美酒和美人，怎么忍心轻易舍掉。

114. 西施·自从回步百花桥

自从回步百花桥。便独处清宵。凤衾鸳枕，何事等闲抛。纵有馀香，也似郎恩爱，向日夜潜消。

恐伊不信芳容改，将憔悴、写霜绡。更凭锦字，字字说情憀。要识愁肠，但看丁香树，渐结尽春梢。

【注释】

回步：返回。
百花桥：元彻、柳实遇见仙女的地方。《续仙传》载：唐元和初，元彻、柳实赴浙右省亲，遭遇海风飘至孤岛，幸得南溟夫人相助，以百花桥送二人出岛。桥长数百步，栏槛之上，皆有异花。
何事：为何，何故。
潜消：不知不觉地消逝。
霜绡（xiāo）：白绫。亦指画在上面的画像。唐玄宗《题梅妃画真》："霜绡虽似当时态，争奈娇波不顾人。"
情憀（liáo）：悲思心情。
丁香树：常绿乔木。古诗词中常用丁香花蕾（丁香结）比喻解不开的愁思。
春梢：春天快结束的时候。

【译文】

自从相遇后又分别，就独自一人在清静的夜晚独守空房。以前甜蜜恩爱，为什么就随便抛弃了呢？总是还有余香，就是郎对我的恩爱，但随着时间过去也慢慢消逝了。

怕你不信我的容颜已经改变，于是将我憔悴的样子画在了白绡上。更凭着书信，字字诉说着悲伤的思念。要知道愁肠有多少，只要看丁香花蕾，在春天快结束的时候渐渐结满了丁香树枝。

115. 西施・苎萝妖艳世难偕

苎萝妖艳世难偕。善媚悦君怀。后庭恃宠，尽使绝嫌猜。正恁朝欢暮宴，情未足，早江上兵来。

捧心调态军前死，罗绮旋、变尘埃。至今想怨魂，无主尚徘徊。夜夜姑苏城外，当时月，但空照荒台。

【注释】

苎（zhù）萝：西施出生地苎萝山。这里代指西施。
君怀：君心。
嫌猜：猜忌。
早：早已。
捧心：西施生有心病，痛时捂着心口。
调态：作态。
姑苏：苏州，春秋吴国都城。
荒台：吴王夫差和西施曾经游玩过的姑苏台。

【译文】

西施妖艳美丽无人能比。她善于娇媚地取悦君心。在后宫仗着君王的宠爱，使得君王对她毫无猜忌。吴王正过着朝欢暮宴的日子，情意还没表达够呢，早已有敌人从江上打来。

生病捧心的西施被处死在军前，华美的衣衫转眼间变成了尘埃。想来至今，她的冤魂还夜夜徘徊在姑苏城外，月还是当时的月，但如今只是空空照在荒凉的姑苏台上。

116. 西施·柳街灯市好花多

柳街灯市好花多。尽让美琼娥。万娇千媚，的的在层波。取次梳妆，自有天然态，爱浅画双蛾。

断肠最是金闺客，空怜爱、奈伊何。洞房咫尺，无计枉朝珂。有意怜才，每遇行云处，幸时恁相过。

【注释】

柳街：花街柳巷，指妓院。
灯市：元宵节放花灯的地方。
好花：美女。
让：比不上。
的的：分明，明显。
层波：眼睛。
双蛾：双眉。
金闺：对女子住处的美称。
枉：屈就。
朝珂（kē）：官员上朝时骑的马上的玉。这里指骏马。
行云处：游玩的地方。

【译文】

柳街灯市上美女如云。但都比不上美如西施的她。她千娇百媚，分明在波光荡漾的眼睛。她天生丽质，不刻意打扮，喜欢画浅浅的双眉。

最伤心断肠的是我，空自爱恋着她，却不能接近她。近在咫尺，空有骏马也没办法过去。有意爱怜她的才气，每次到了游玩之地，希望能时时过访。

117. 西平乐 · 尽日凭高目

尽日凭高目，脉脉春情绪。嘉景清明渐近，时节轻寒乍暖，天气才晴又雨。烟光淡荡，妆点平芜远树。黯凝伫。台榭好、莺燕语。

正是和风丽日，几许繁红嫩绿，雅称嬉游去。奈阻隔、寻芳伴侣。秦楼凤吹，楚馆云约，空怅望，在何处。寂寞韶华暗度。可堪向晚，村落声声杜宇。

【注释】

凭高目：在高处远眺。
脉脉春情绪：春景温和，春情脉脉。
轻寒乍暖：天气刚开始变得暖和，但仍有些寒冷。
淡荡：轻轻飘荡。
雅称：对人称说。
“奈阻隔”句：本欲寻伴同游，无奈被山川阻隔，意为与情人天各一方。
凤吹：彩凤吹箫。
云约：朝云相约。
可堪：哪堪，不堪。

【译文】

整天站在高处远眺，春景温和，春情脉脉。景色美丽的清明快到了，这时节刚刚开始变暖，还有些寒冷，天气刚刚是晴朗的，这会儿又下起了雨。烟气轻轻飘荡，装点着平坦草地上的树。黯然神伤，凝视伫立。台榭上有黄莺燕子在鸣叫。

正是风和日丽的好日子，有那么多繁茂的花朵嫩绿的叶子，对人们说“游玩去呀”。奈何与一起寻芳览胜的伴侣相隔受阻。秦楼上吹箫和楚馆中有约的佳人，现在在哪里呢，我只能空自惆怅远望了。默默度过寂寞的青春年华。哪里能忍受已经到了傍晚，村落里传出一声声杜鹃啼叫的声音。

118. 惜春郎·玉肌琼艳新妆饰

玉肌琼艳新妆饰。好壮观歌席。潘妃宝钏，阿娇金屋，应也消得。

属和新词多俊格。敢共我勍敌。恨少年、枉费疏狂，不早与伊相识。

【注释】

琼艳：形容女子肌肤像琼玉般白皙美丽。
属（zhǔ）和：唱和，以诗词相酬答。
勍（qíng）敌：劲敌，不相上下的人。

【译文】

在一次非常盛大的宴会上，我见到了一位皮肤白皙容貌艳丽打扮新颖的女子。就像东昏侯对待潘玉儿那样经常给她珠玉珍宝，像汉武帝对待陈阿娇那样金屋藏娇，这位女子也消受得起。

这位女子新作的词俊雅有格调，填词的才能和我不相上下。遗憾的是，我年少时张扬狂放用错了地方，没有早早与她相识。

119. 凤栖梧·帘内清歌帘外宴

帘内清歌帘外宴。虽爱新声，不见如花面。牙板数敲珠一串，梁尘暗落琉璃盏。

桐树花深孤凤怨。渐遏遥天，不放行云散。坐上少年听不惯，玉山未倒肠先断。

【注释】

清歌：清亮的歌声。
新声：指新谱成的歌曲。
牙板：歌伎演唱时用来打节拍的木板。
珠一串：清脆的歌声像一串珠子落在玉盘上。白居易《长恨歌》："嘈嘈切切错杂弹，大珠小珠落玉盘。"
梁尘：房梁上的尘土。
桐树：梧桐树。
坐上少年：词人自己。
玉山未倒：指人还没有喝醉。
肠先断：形容歌声非常感人。

【译文】

帘内有清越的歌声，帘外正在举行宴席。虽然能听见令人喜爱的歌声，但看不见如花般的面容。敲了几声牙板之后，就听见如珠玉落盘的清脆歌声传出来，歌声清越得震落了房梁上的尘土，落入了桌上的琉璃盏中。

歌声如同茂盛的梧桐花丛中孤独的凤凰的哀怨声。歌声高得冲上云霄，让行云为之停止。我实在是听不下去，因为还没喝醉就已经被感动得受不了了。

120. 金蕉叶 · 厌厌夜饮平阳第

厌厌夜饮平阳第。添银烛、旋呼佳丽。巧笑难禁，艳歌无间声相继。准拟幕天席地。

金蕉叶泛金波齐。未更阑、已尽狂醉。就中有个风流，暗向灯光底。恼遍两行珠翠。

【注释】

厌厌：闲适的样子。
金蕉叶：酒器名。

【译文】

有一天晚上我在平阳府第里闲闲地饮酒。重新添了烛火，立刻又换来佳人。佳人们忍不住巧笑倩兮，明艳的歌不间断地唱着。打算以天为幕以地为席。

酒杯中的酒满得快溢出来了，夜还长，却已都酩酊大醉了。参加宴会的人中有一个人很风流，偷偷来到灯光暗的地方，将佳人撩拨了一遍。

121. 西江月 · 凤额绣帘高卷

凤额绣帘高卷，兽环朱户频摇。两竿红日上花梢。春睡厌厌难觉。

好梦狂随飞絮，闲愁浓胜香醪。不成雨暮与云朝。又是韶光过了。

【注释】

凤额绣帘：横额上绣着凤凰图案的帘幕帐子。
兽环：古代富贵人家的大门上镶嵌的兽头衔环装饰。
两竿红日：红日已经升起有两根竹竿那么高。

【译文】

绣着凤凰图案的帘帐已经卷起，朱门上的兽环频频晃动。红日已经升到两根竹竿那么高了，阳光已经照上花梢了。春天困乏，精神不振，很难醒来。

刚刚做了一个美梦，就随着飞絮飘走了。百无聊赖的春愁比浓香的美酒还要浓烈。朝云暮雨还没成就就醒了。美好的春光又过去了。

122. 隔帘听·咫尺凤衾鸳帐

咫尺凤衾鸳帐，欲去无因到。虾须窣地重门悄。认绣履频移，洞房杳杳。强语笑。逞如簧、再三轻巧。

梳妆早。琵琶闲抱。爱品相思调。声声似把芳心告。隔帘听，赢得断肠多少。恁烦恼。除非共伊知道。

【注释】

虾须：古人以为海虾须甚长，可作门帘垂饰的穗子，故虾须成了门帘的代称。
窣地：猝然。
杳杳：幽暗貌。
如簧：巧舌如簧。

【译文】

她的闺房近在咫尺，我想要去找她却找不到理由。房间里寂静幽暗，透过猝然拂地的长长门帘，能辨认出她那双频频移动的绣鞋。我只能强颜欢笑，施展巧舌如簧的本事，装作若无其事的样子。

早起梳妆之后，她悠闲地抱着琵琶。喜欢弹奏一些男女相思的曲调。那一声声悠扬的旋律仿佛诉说着重重心事。我隔帘倾听，真是柔肠寸断。除非她知道我的心事，否则我就会永远这样忧愁烦恼。

123. 小镇西・意中有个人

意中有个人，芳颜二八。天然俏、自来奸黠。最奇绝。是笑时、媚靥深深，百态千娇，再三偎著，再三香滑。

久离缺。夜来魂梦里，尤花殢雪。分明似、旧家时节。正欢悦。被邻鸡唤起，一场寂寥，无眠向晓，空有半窗残月。

【注释】

奸黠：聪慧。
奇绝：神奇绝妙之处。
离缺：分离。
尤花殢雪：指男女欢爱。
旧家：从前。
寂寥：寂寞无聊。

【译文】

我的意中人芳龄二八。容颜天生俏丽，聪慧机灵。最神奇绝妙的是，她笑的时候，面容娇美，露出深深的酒窝，千娇百媚，一次次依偎着，皮肤又香又滑。

我们分离很久了。每当夜晚做梦，还能梦见与她欢爱。梦境真实，就好像从前一样。梦中我们正高兴呢，就被邻居家的鸡鸣吵醒了，醒来倍觉寂寞无聊，一直到天亮再也睡不着，空有窗外的残月照着。

124. 木兰花令·有个人人真攀羡

有个人人真攀羡。问著洋洋回却面。你若无意向他人，为甚梦中频相见。

不如闻早还却愿。免使牵人虚魂乱。风流肠肚不坚牢，只恐被伊牵引断。

【注释】

攀羡：仰慕。
洋洋：同“佯佯”，假装。
回却面：转过脸。
闻早：趁早。
肠肚：心肠，内心。

【译文】

我十分仰慕她。我同她问话，她却假装转过脸去。你如果对别人无意，为什么频频进入我的梦中来相见。

不如趁早还却心愿。免得让人白白牵挂心烦意乱。我生性风流心肠太软，真怕心肠被你牵断呢。

125. 笛家弄·花发西园

花发西园，草薰南陌，韶光明媚。乍晴轻暖清明后。水嬉舟动，禊饮筵开，银塘似染，金堤如绣。是处王孙，几多游妓，往往携纤手。遣离人，对嘉景，触目伤情，尽成感旧。

别久。帝城当日，兰堂夜烛，百万呼卢，画阁春风，十千沽酒。未省、宴处能忘管弦，醉里不寻花柳。岂知秦楼，玉箫声断，前事难重偶。空遗恨，望仙乡，一饷消凝，泪沾襟袖。

【注释】

薰：散发出香气。
王孙：贵族子弟。
兰堂：华美的厅堂。
呼卢：古代一种赌博游戏。共有五子，五子全黑的叫“卢”，得头彩。掷子时，高声喊叫，希望得全黑，所以叫“呼卢”。
省：醒悟，清醒。
重偶：重遇，重逢。
仙乡：比喻心之所往。

【译文】

西边园子里的花开了，南边路上的草散发出香气，春光明媚，过了清明时节天气变得晴朗微暖。人们在水边嬉戏，划动小船，举行禊饮，银色的池塘仿佛被染了色，大堤仿佛是绣上去的。到处都是王孙贵族，还有好多妓女，牵着手游览。面对这样美好的景色，让离家在外的人不由得触目伤怀，感伤旧事。

分别已经很久了。当时在帝都的时候，在灯火通明的厅堂里，抛掷百万钱玩呼卢的游戏，在华美的阁楼里春风得意，花费重金买酒喝。沉醉其中不清醒，宴席中听管弦，醉梦中眠花柳。哪知道，再也听不到秦楼玉箫声，再也见不到那佳人，以前的情景再难重逢。空自遗憾，望着那梦中的地方，悲伤地站了一会儿，泪水沾满了衣襟。

126. 梦还京・夜来匆匆饮散

夜来匆匆饮散，欹枕背灯睡。酒力全轻，醉魂易醒，风揭帘栊，梦断披衣重起。

悄无寐。追悔当初，绣阁话别太容易。日许时、犹阻归计。甚况味。旅馆虚度残岁。想娇媚。那里独守鸳帏静，永漏迢迢，也应暗同此意。

【注释】

欹（qī）：斜靠着。
悄无寐：忧愁得睡不着。
日许时：宋代熟语，还有很多时间。
况味：境况和情味。
永漏：夜长。

【译文】

晚上喝完酒匆匆就散了，斜靠在枕头上，背对着灯就睡着了。酒意渐渐散去，很容易醒来，风吹动窗户和帘子，梦被打断，披着衣服重新起身。忧愁得睡不着。

追悔当初，与绣阁中的她话别得太容易了。距离回去的日子还有很长时间。就是这样的境况和情味。在旅馆里虚度年终岁尾。想念那娇美的面容。她应该也是在静静的鸳鸯帷帐里独守空房，漏壶一直在滴，夜很长，也和我一样有这样的心情。

127. 受恩深·雅致装庭宇

雅致装庭宇。黄花开淡泞。细香明艳尽天与。助秀色堪餐，向晓自有真珠露。刚被金钱妒。拟买断秋天，容易独步。

粉蝶无情蜂已去。要上金尊，惟有诗人曾许。待宴赏重阳，恁时尽把芳心吐。陶令轻回顾。免憔悴东篱，冷烟寒雨。

【注释】

淡泞：清新明净。
细香：细细的香气。
与：给予，给。
拟买断：打算占尽。
要：同“邀”。
诗人：指的是陶渊明。
许：赞许，称赞。
芳心：心里美好的情意。

【译文】

庭院装点得很雅致。黄色的花朵清新明净。细细的香气明艳的色彩都是天生的。秀色可助餐，快到天亮的时候就有像珍珠一样的露水了。金黄的颜色被金钱嫉妒，打算占尽秋色，独一无二。

粉蝶无情离去，蜜蜂也离开了，把菊花酒倒入酒杯，只有诗人陶渊明曾经赞许过菊花。等到重阳节宴赏的时候，便把心里美好的情意全说出来。陶渊明很快就回来了。免得让东篱凋零败落，受冷烟寒雨。

128. 看花回·屈指劳生百岁期

屈指劳生百岁期。荣瘁相随。利牵名惹逡巡过，奈两轮、玉走金飞。红颜成白发，极品何为。

尘事常多雅会稀。忍不开眉。画堂歌管深深处，难忘酒盏花枝。醉乡风景好，携手同归。

【注释】

劳生：劳苦的一生。
荣瘁（cuì）：兴盛和衰败。引申为仕途上的得意和失意。
逡（qūn）巡：徘徊。
两轮：日月。指光阴。
玉走金飞：玉，月亮，因月中有玉兔。金，太阳，因日中有金乌。形容时间过去。
极品：高官。
何为：有什么用。
尘事：凡尘杂事。
雅会：美好的聚会。
开眉：展开眉毛，形容开心欢乐。
歌管：歌声与乐声。
酒盏花枝：美酒与美人。
醉乡：喝醉时的状态。

【译文】

屈指盘算我这劳苦的一生还有多久到百岁。我这一生有得意也有失意。为名利所牵绊踯躅前行，时间过得很快。红颜变白发，高高的官位，有什么用。

尘事太多，美好的聚会太少。怎么忍心皱眉。在深深的画堂中有歌声与乐声，最难忘的是那时的美酒与美人。喝醉了真美好，一同携手回去。

129. 看花回 · 玉墄金阶舞舜干

玉墄金阶舞舜干。朝野多欢。九衢三市风光丽，正万家、急管繁弦。凤楼临绮陌，嘉气非烟。

雅俗熙熙物态妍。忍负芳年。笑筵歌席连昏昼，任旗亭、斗酒十千。赏心何处好，惟有尊前。

【注释】

墄（cè）：台阶。
干：古代舞者手持干（盾）的一种武舞。
九衢：通达的大街。
非烟：祥瑞的云彩。
物态：风物形态。
旗亭：酒楼。
赏心：称心。

【译文】

华美的台阶前舞者们跳着干舞。朝廷民间都欢乐。满大街的风光美丽，千家万户都有热闹的音乐声。高楼靠着繁华的街道，有祥瑞之气。

风雅之士和世俗之人在一起和乐融融，风物美好。怎么忍心辜负这样美好的年华。欢声笑语歌舞筵席白天黑夜地继续，任凭酒楼抬高酒价。哪里最称心，唯有酒杯前。

130. 尉迟杯・宠佳丽

宠佳丽。算九衢红粉皆难比。天然嫩脸修蛾，不假施朱描翠。盈盈秋水。恣雅态、欲语先娇媚。每相逢、月夕花朝，自有怜才深意。

绸缪凤枕鸳被。深深处、琼枝玉树相倚。困极欢馀，芙蓉帐暖，别是恼人情味。风流事、难逢双美。况已断、香云为盟誓。且相将、共乐平生，未肯轻分连理。

【注释】

九衢：指汴京城。
绸缪：缠绵的样子，绵绵。
琼枝玉树：指身体。
恼人：挑逗人。
双美：才子佳人。
连理：连理枝，比喻恩爱夫妻。

【译文】

我宠爱的一位佳丽，算来全汴京城的红粉美人都很难比得上她。天然生成娇嫩的脸庞和修长的蛾眉，不用涂抹胭红描画眉毛。眼睛像蕴含着盈盈秋水。姿态娇纵优雅，还没说话就先表现出了娇媚的模样。每次相见，花前月下，自然是浓情蜜意。

枕着绣着凤凰的枕头，盖着绣着鸳鸯的被子，情意绵绵。在幽深的室内，身体相互倚靠。困得厉害欢爱之后，芙蓉帐里很暖和，自有一番挑逗人的情味。风流之事，难得才子佳人碰到一起。更何况，剪掉了头发已盟誓。还是一起共同快乐地度过平生，不要轻易分开。

131. 御街行·燔柴烟断星河曙

燔柴烟断星河曙。宝辇回天步。端门羽卫簇雕阑，六乐舜韶先举。鹤书飞下，鸡竿高耸。恩霈均寰寓。

赤霜袍烂飘香雾。喜色成春煦。九仪三事仰天颜，八彩旋生眉宇。椿龄无尽，萝图有庆，常作乾坤主。

【注释】

燔（fán）柴：将牺牲玉帛放在柴上点燃祭天。
星河：银河。
宝辇：天子的车驾。
回天步：起驾回宫。
六乐：六大古乐。《云门大卷》《大咸》《大韶》《大夏》《大濩》《大武》六套乐舞。
舜韶：《大韶》据说为舜所作。
举：演奏。
鹤书：古代用于招揽贤才的诏书。
鸡竿：皇帝下赦令时用的顶上有金鸡的竿子。
恩霈：恩泽遍布。
寰寓：天下。
赤霜袍：皇帝祭天时穿的绛纱袍。
九仪三事：指群臣。
椿龄：长寿。
萝图：本指罗列图书。引申为疆域。

【译文】

祭天的烟气直冲银河，天快亮了。天子的车驾准备起驾回宫。端门的仪仗队簇拥在雕花的栏杆旁，先演奏舜作的韶乐。皇帝发布了招揽贤才的诏书，大赦天下，恩泽遍布天下。

皇帝穿着绛纱袍祭天，芳香的烟气缭绕。喜气洋洋，春光和煦。大臣们仰望天子的容颜，只见眉宇间即刻显出八种色彩。我主万寿无疆，举国欢庆，能一直做这天地共主。

132. 法曲第二・青翼传情

青翼传情，香径偷期，自觉当初草草。未省同衾枕，便轻许相将，平生欢笑。怎生向、人间好事到头少。漫悔懊。

细追思，恨从前容易，致得恩爱成烦恼。心下事、千种尽凭音耗。以此萦牵，等伊来、自家向道。洎相见、喜欢存问，又还忘了。

【注释】

青翼：青鸟。后指书信。
未省：不懂得，不明白。
怎生：怎么。
洎（jì）：等到。
存问：问候，慰问。

【译文】

靠书信传递情意，在芳香的小路上偷偷约会，自己感觉当初太仓促了。还不懂得同衾共枕是什么意思，就相互轻易许诺了终身与他欢笑。怎奈人间的好事到头来还是少。徒然后悔懊恼。

细细回想，恨之前得来太容易，导致曾经的恩爱成了现在的烦恼。心里有千万种心事，只能凭借寄来的书信。这样的牵肠挂肚，等你来了，要向你一一倾诉。等到真的见面，只顾着欢喜问候，又把怨恨和埋怨给忘了。

133. 秋蕊香引・留不得

留不得。光阴催促，奈芳兰歇，好花谢，惟顷刻。彩云易散琉璃脆，验前事端的。

风月夜，几处前踪旧迹。忍思忆。这回望断，永作终天隔。向仙岛，归冥路，两无消息。

【注释】

歇：凋谢。
验：验证，证明。
端的：真的，果真。
终天：永远，久远。

【译文】

没留住。光阴易逝，奈何芳香的兰草凋零，好花凋谢，不过是顷刻之间的事。彩云容易散去，琉璃容易被打碎，真的验证了人们常说的这句话。

风清月明的夜晚，留下了多少往日的踪迹。不忍回想过去。这回分别，是天人永隔。是去了仙岛成仙，还是去了地狱做鬼，无从知道。

134. 一寸金·井络天开

井络天开，剑岭云横控西夏。地胜异、锦里风流，蚕市繁华，簇簇歌台舞榭。雅俗多游赏，轻裘俊、靓妆艳冶。当春昼，摸石江边，浣花溪畔景如画。

梦应三刀，桥名万里，中和政多暇。仗汉节、揽辔澄清，高掩武侯勋业，文翁风化。台鼎须贤久，方镇静、又思命驾。空遗爱，两蜀三川，异日成嘉话。

【注释】

井络：古人以二十八星宿来划分对应的地点，井宿对应的是蜀地。
剑岭：大小剑山。
胜异：奇异殊胜。
锦里：泛指成都。
蚕市：成都盛产桑蚕，有很多专门卖蚕的集市。
俊：俊美的少年。
摸石：据《月令广义》记载，古时成都地区有去海云山摸石占卜生男生女之游。得石者会生男孩，得瓦者会生女孩。
梦应三刀：典故出自《晋书·王濬传》：（王）濬夜梦悬三刀于卧屋梁上，须臾又益一刀，濬惊觉，意甚恶之。主簿李毅再拜贺曰：三刀为州字（古州字写作“刕”），又益一刀，明府其临益州乎……果迁濬为益州刺史。后用来比喻升官。
仗：拿着，执持。

汉节：使者持的符节凭证。
高掩：高高地盖过了。
武侯：指诸葛亮。
文翁：汉景帝时治理蜀地的郡守，曾办学教人。
台鼎：官至三公的高位，这里指朝廷。
须：等待。
镇静：安定。
命驾：出发启程。
空：只。

【译文】

蜀地有高耸入云的大小剑山，威慑控制着西夏。地形奇异殊胜，成都风物美妙，蚕市很繁华，到处都是歌台舞榭。多有风雅之士和流俗之人游冶玩赏，既有穿着轻裘的俊美少年，又有盛装打扮的美艳女子。正当春日的白天，人们在江边摸石占卜生子，浣花溪边景色美如画卷。

成都有万里桥，中和理政，政事多闲暇。奉旨赴任，治理蜀地，澄清政治。政绩超过了诸葛亮的功勋和文翁教育感化的业绩。朝廷渴慕贤才已久，用不了多久，我就会升至台鼎高位。刚刚安顿好，又得想着出发启程了。只能把仁爱留在蜀地，他日我的所为也会成为一段佳话。

135. 永遇乐·薰风解愠

薰风解愠，昼景清和，新霁时候。火德流光，萝图荐祉，累庆金枝秀。璿枢绕电，华渚流虹，是日挺生元后。缵唐虞垂拱，千载应期，万灵敷祐。

殊方异域，争贡琛赆，架巘航波奔凑。三殿称觞，九仪就列，韶頀锵金奏。藩侯瞻望彤庭，亲携僚吏，竞歌元首。祝尧龄、北极齐尊，南山共久。

【注释】

火德：太阳。
萝图：代表吉祥的物品。
荐祉：呈现福瑞。
累：连续。
金枝：五彩祥云。
元后：君主。
缵：继承。
垂拱：无为而治。
应期：顺应运期。
敷祐：保佑。佑，同“佑”。
殊方异域：异域外邦。
琛赆：进献的珍宝。
奔凑：聚集而来。

架巘航波：在两山之间架桥，在水波中航行。形容经过千山万水而来。
韶頀（hù）：泛指雅正的宫廷雅乐。

【译文】

夏日的风解除了怨怒，白天的景色清明和朗，正是雨过天晴的时候。太阳耀眼，喜庆呈祥，总有五彩祥云。璿枢绕电，华渚流虹，这一天君主诞生了。继承了圣明君主唐虞无为而治，顺应了千载的运期，得到万方神灵的护佑。

异域外邦，争相进贡珍宝，坐车坐船聚集而来。宫殿里举杯畅饮，朝臣列队，金鼓编钟奏出雅正的宫廷之乐。诸侯仰望朝廷，携带着官僚们，为我主竞相歌唱。祝我主长寿，与北极齐尊，与南山一样长久。

136. 永遇乐 · 天阁英游

天阁英游，内朝密侍，当世荣遇。汉守分麾，尧庭请瑞，方面凭心膂。风驰千骑，云拥双旌，向晓洞开严署。拥朱幡、喜色欢声，处处竞歌来暮。

吴王旧国，今古江山秀异，人烟繁富。甘雨车行，仁风扇动，雅称安黎庶。棠郊成政，槐府登贤，非久定须归去。且乘闲、孙阁长开，融尊盛举。

【注释】

英游：英才。
汉守分麾：奉旨出任州官。
尧庭：指朝廷。
瑞：符信，凭证。
方面：一方军政事务。
心膂（lǚ）：心和脊梁。比喻骨干。
朱幡：贵人乘坐的车。
来暮：称颂官吏。
甘雨车行：称颂官员。
安黎庶：让黎民百姓安居乐业。
棠郊成政：惠政。典故出自《诗·召南·甘棠》记载召公在南国郊野棠树下断案听讼。
槐府：宋代学士院的一个厅名。
孙阁：三国时吴国孙氏的宅邸。引申为贵人宅邸。
融尊：其乐融融。

【译文】

朝廷的英才，内朝的密侍，是当世荣耀的待遇。奉旨出任州官，从朝廷拿上符信，主持一方军政要务。千骑风驰电掣而过，众人簇拥着旌旗，快天亮的时候，官署的大门庄严地打开。簇拥着贵人的车驾，喜笑颜开欢声笑语，到处竞相对我称颂。

这里是旧时吴国，自古以来就是景色优美，人烟稠密、繁华富裕的地方。官员德政、仁政如同微风吹拂，让黎民百姓安居乐业。广施惠政，从学士院高升，不用久等就要归到京城了。姑且趁着这闲暇，打开大门，其乐融融共同举杯畅饮吧。

137. 鹊桥仙·届征途

届征途，携书剑，迢迢匹马东去。惨离怀，嗟少年易分难聚。佳人方恁缱绻，便忍分鸳侣。当媚景，算密意幽欢，尽成轻负。

此际寸肠万绪。惨愁颜、断魂无语。和泪眼、片时几番回顾。伤心脉脉谁诉。但黯然凝伫。暮烟寒雨。望秦楼何处。

【注释】

届：到，临。

【译文】

到了要出远门的时候，带着书剑，骑着马向东而去。离别的情怀很凄惨，感叹年少的时候分开容易相聚难。刚刚还和佳人情意缠绵，怎么忍心分离。面对着明媚的景色，盘算那些私密的情意和幽会的欢乐，都被轻易辜负了。

这时愁肠寸断，心中千头万绪。面容凄惨愁苦，悲伤得说不出话来。满眼含泪，一时间想了好几遍。向谁倾诉这伤心难过。只有黯然销魂静静站立。傍晚烟气缭绕，飘着寒雨。举目望去，不知佳人在哪里。

138. 浪淘沙令·有个人人

有个人人。飞燕精神。急锵环佩上华裀。促拍尽随红袖举，风柳腰身。

簌簌轻裙。妙尽尖新。曲终独立敛香尘。应是西施娇困也，眉黛双颦。

【注释】

急锵：急促的铿锵响声。
华裀（yīn）：华丽的地毯。"裀"，同"茵"。
促拍：急促的音乐。
尖新：新颖别致。

【译文】

我有个心上人。像赵飞燕一样貌美善舞。在急促的环佩铿锵的响声中，她走上华丽的地毯。随着急促的音乐声，她举起红袖，腰身柔软仿佛风中的柳树。

轻薄的裙子簌簌飘动。舞姿新颖别致。一曲终了，盈盈独立，敛住香尘。她应该是像西施一样娇软困乏了，眉头都皱起来了。

139. 夏云峰・宴堂深

宴堂深。轩楹雨，轻压暑气低沈。花洞彩舟泛斝，坐绕清浔。楚台风快，湘簟冷、永日披襟。坐久觉、疏弦脆管，时换新音。

越娥兰态蕙心。逞妖艳、昵欢邀宠难禁。筵上笑歌间发，舄履交侵。醉乡归处，须尽兴、满酌高吟。向此免、名缰利锁，虚费光阴。

【注释】

轩楹：堂前的廊柱。
花洞：花丛深处。
泛斝（jiǎ）：泛舟饮酒。斝，酒器。
浔：水边。
楚台风快：宋玉《风赋》："楚襄王游于兰台之宫，宋玉、景差侍。有风飒然而至，王乃披襟而当之，曰：'快哉此风！"此句指饮宴处的风如楚台之风一样爽利。
湘簟：用湘竹编的席子。
披襟：敞开衣襟。比喻心怀舒畅。
疏弦脆管：舒缓的弦声和清脆的管乐声。
间发：不时发出。
舄（xì）履：鞋子。
交侵：相互碰踏。

【译文】

宴堂幽深。廊前一场凉雨，将暑气稍微降下去一些。在水边花深处泛舟饮酒。风很轻快，竹席很凉，整日敞开衣襟，心情舒畅。坐的时间长了，发觉传来舒缓的弦声和清脆的管乐声，不时奏出没听过的新音。

越地的美女姿态优雅蕙质兰心。展现着妖艳，亲昵地希求我的宠爱，我实在难以抵挡。宴席上不时发出欢歌笑语，鞋子相互碰踏。喝醉了，很尽兴，还要满饮高吟。从此以后，摆脱名利的牵绊，虚度光阴吧。

140. 荔枝香·甚处寻芳赏翠

甚处寻芳赏翠，归去晚。缓步罗袜生尘，来绕琼筵看。金缕霞衣轻褪，似觉春游倦。遥认，众里盈盈好身段。

拟回首，又伫立、帘帏畔。素脸红眉，时揭盖头微见。笑整金翘，一点芳心在娇眼。王孙空恁肠断。

【注释】

甚处：何处。
罗袜生尘：形容女子步履轻盈。
盖头：面巾。
金翘：古代女子一种金质的像翠鸟尾羽的首饰。

【译文】

不知她去什么地方寻芳赏翠，回来的时候都快到晚上了。她迈着轻缓的步子来大厅的宴席上绕了一圈看了看。轻轻脱下金缕衣，似乎感觉到春游归来的困倦。大家远远看着她盈盈的身影。

她好像要回头看一看，又在窗帘旁边停下了。她掀开面纱，微微露出了素白的脸庞和画出来的红眉。她笑着整理了一下金翠翘，心里的情意全在娇媚的眼睛里。让王孙公子白白愁断肠。

141. 阳台路・楚天晚

楚天晚。坠冷枫败叶，疏红零乱。冒征尘、匹马驱驱，愁见水遥山远。追念少年时，正恁凤帏，倚香偎暖。嬉游惯。又岂知、前欢云雨分散。

此际空劳回首，望帝里、难收泪眼。暮烟衰草，算暗锁、路歧无限。今宵又、依前寄宿，甚处苇村山馆。寒灯畔。夜厌厌、凭何消遣。

【注释】

疏红：稀疏的枫叶。
征尘：征途上的旅程。
锁：遮住。
苇村山馆：水村山庄。

【译文】

楚地的天色已晚，枯冷的枫叶残败飘落，稀疏而零乱。独自骑马走在路上，山远水长看着就让人发愁。回想年少时，依偎在绣着凤凰的帷帐里。嬉戏游玩惯了，又怎么会料知，之前的欢乐就如同云雨一般散去了。

现在空自徒劳回首，望向帝都，泪眼朦胧难以控制。傍晚的烟气衰败的枯草，遮住了路，让我分不清岔路了。今天晚上又跟之前一样寄宿，去哪里找水村山庄。夜晚寂静，只有一盏寒灯相伴，靠什么排遣寂寞呢。

142. 内家娇・煦景朝升

煦景朝升，烟光昼敛，疏雨夜来新霁。垂杨艳杏，丝软霞轻，绣山芳郊明媚。处处踏青斗草，人人眷红偎翠。奈少年、自有新愁旧恨，消遣无计。

帝里。风光当此际。正好恁携佳丽。阻归程迢递。奈好景难留，旧欢顿弃。早是伤春情绪，那堪困人天气。但赢得、独立高原，断魂一饷凝睇。

【注释】

眷红偎翠：眷恋花红柳绿的美景。

【译文】

和暖的朝阳升起来了，雾气渐渐淡去，昨天夜里下的零星小雨刚刚停了。低垂的柳树艳丽的杏花，芳草丛生的郊外景色明媚，山川好像绣出来的。到处都是踏青的人们，在玩着斗草的游戏，大家都贪恋着红花绿草。奈何少年人自有新生的愁绪也有旧日的别恨，没办法消除。

帝都里的风景应该和这里一样。正好带着佳人去游玩。回去的路遥远而又受阻隔。奈何美好的景色留不住，旧日的欢乐转瞬就被抛弃。本就有伤春的情绪，哪里还能承受着让人困顿的天气。只落得独自站在高高的丘陵上，一时伤心凝视。

143. 宣清·残月朦胧

残月朦胧，小宴阑珊，归来轻寒凛凛。背银釭、孤馆乍眠，拥重衾、醉魄犹噤。永漏频传，前欢已去，离愁一枕。暗寻思、旧追游，神京风物如锦。

念掷果朋侪，绝缨宴会，当时曾痛饮。命舞燕翩翻，歌珠贯串，向玳筵前，尽是神仙流品。至更阑、疏狂转甚。更相将、凤帏鸳寝。玉钗乱横，任散尽高阳，这欢娱、甚时重恁。

【注释】

凛凛：寒冷的样子。
噤：打冷战。
朋侪（chái）：朋辈。
高阳：高唐阳台。暗用巫山云雨的典故。形容男女欢爱。

【译文】

月色朦胧，小型宴会快结束了，回去的路上感觉有些寒冷。背对着银灯，在驿馆里孤单难眠，抱着厚厚的被子，在醉意中打冷战。滴漏声频频传来，往日的欢乐已经远去，离别的愁绪袭上心来。内心默默回想往日的时光，帝都的风物好像锦缎般华美。

怀念风流不羁的朋辈和不拘形迹的宴会，那时候曾开怀畅饮。命身轻如燕的舞女表演，歌声仿佛成串的珍珠，在盛宴上的，都是神仙般的人。到了快天亮的时候，更加狂放。之后便和心爱的人去凤帏鸳寝共度良宵。佳人玉钗散乱，恩爱尽兴，这等欢乐，什么时候才能重来。

144. 迎春乐・近来憔悴人惊怪

近来憔悴人惊怪。为别后、相思煞。我前生、负你愁烦债。便苦恁难开解。

良夜永、牵情无计奈。锦被里、馀香犹在。怎得依前灯下，恣意怜娇态。

【注释】

煞：厉害，很。

【译文】

近来身体憔悴得厉害，人们看见了都很惊讶奇怪。这是因为自从分别后，相思得太厉害了。我前生定是欠了你的忧愁烦恼债。这样的愁苦很难排解开。

美好的夜晚很长，牵肠挂肚的心情没办法消除。锦被里你的余香还在。怎么才能像从前一样，在灯下你侬我侬，恣意欣赏娇媚的神态。

145. 殢人娇・当日相逢

当日相逢，便有怜才深意。歌筵罢、偶同鸳被。别来光景，看看经岁。昨夜里、方把旧欢重继。

晓月将沈，征骖已鞴。愁肠乱、又还分袂。良辰好景，恨浮名牵系。无分得、与你恣情浓睡。

【注释】

鞴（bèi）：车马上的装饰物。此指装备车马。
分袂：离别。
无分：无缘。

【译文】

当日相逢，就产生了爱才的深深情意。歌舞宴席结束后一同到鸳鸯被里恩爱。自从分别以来，转眼就是一年。昨天夜里，才刚把往日的欢乐重新续上。

月亮渐渐下沉，远行的马已经准备好。离愁别绪乱了心绪，又要分开了。可恨良辰美景被浮名牵绊。无缘与你一起恣意酣睡。

146. 思归乐・天幕清和堪宴聚

天幕清和堪宴聚。想得尽、高阳俦侣。皓齿善歌长袖舞。渐引入、醉乡深处。

晚岁光阴能几许。这巧宦、不须多取。共君把酒听杜宇。解再三、劝人归去。

【注释】

想得：相交，相好。
高阳俦（chóu）侣：高阳酒徒的朋友。
巧宦：一心投机钻营博取名利的官宦。
杜宇：比喻思归，催归。

【译文】

天气清和晴朗可以举行宴席聚会。约上好酒的朋友。席上舞女明眸皓齿，能歌善舞。我渐渐醉得更厉害了。

已经老了，还能有多少时光。功名官位不需过多索取。与君一起把酒言归，再三劝人归去。

147. 应天长·残蝉渐绝

残蝉渐绝。傍碧砌修梧，败叶微脱。风露凄清，正是登高时节。东篱霜乍结。绽金蕊、嫩香堪折。聚宴处，落帽风流，未饶前哲。

把酒与君说。恁好景佳辰，怎忍虚设。休效牛山，空对江天凝咽。尘劳无暂歇。遇良会、剩偷欢悦。歌声阕。杯兴方浓，莫便中辍。

【注释】

碧砌：青砖色的台阶。
修梧：高高的梧桐树。
嫩香：淡淡的香气。
落帽：见 23 页“吹帽”。后用来形容风流名士。
未饶：不逊于。
前哲：前代的贤哲。
牛山：典故出自齐景公登上牛山感到人终有一死而悲伤落泪。后常用此比喻为人生而悲叹。
尘劳：为尘事劳累。这里指的是做官。
阕（què）：结束，停止。
中辍：中断。

【译文】

蝉声渐渐没有了。青砖色的台阶旁有高高的梧桐树。残败的叶子开始掉落。秋风凄凉露水清莹，正是登山的好时节。花园里刚结霜。金黄色的花蕊绽放，散发出淡淡的香气，可以折取。在宴席上，名士风流，不输于先贤。

与君把酒言欢。这样的良辰美景，怎么忍心让它虚设。不要效仿齐景公在牛山哭泣，空自对着江水长天凝视呜咽。一直为俗事烦劳。不如与朋友聚会，偷闲取乐。歌声结束了。酒兴正浓，不要停下。

148. 合欢带・身材儿

身材儿、早是妖娆。算风措、实难描。一个肌肤浑似玉，更都来、占了千娇。妍歌艳舞，莺惭巧舌，柳妒纤腰。自相逢、便觉韩娥价减，飞燕声消。

桃花零落，溪水潺湲，重寻仙径非遥。莫道千金酬一笑，便明珠、万斛须邀。檀郎幸有，凌云词赋，掷果风标。况当年、便好相携，凤楼深处吹箫。

【注释】

风措：风度。
都：美丽。
韩娥：战国时期的著名歌女。
价减：贬值。
声消：声名消减。
檀郎：潘安的小名。后来泛指美男子。
风标：风度。

【译文】

她的身段，早就是妖娆动人。要说到风度举止，实在是难以描述。肌肤如玉，更美的是，占尽了千娇百媚。她能歌善舞，灵巧的舌头让黄莺羞愧，纤细的腰肢让柳枝嫉妒。自从见到她以来，我便觉得善歌的韩娥也贬值了，善舞的赵飞燕名声也下降了。

桃花零落，溪水缓缓流动，重去寻找美人家的路并不远。别说用千金求得一笑，就算是用万斛明珠也必须要邀请。幸好有美男子，有凌云出众的文采，风度堪比掷果盈车的潘岳。何况当年，我们还有相依相伴，一起在凤楼深处吹箫的情分呢。

149. 少年游・佳人巧笑值千金

佳人巧笑值千金。当日偶情深。几回饮散，灯残香暖，好事尽鸳衾。

如今万水千山阻，魂杳杳、信沈沈。孤棹烟波，小楼风月，两处一般心。

【注释】

偶：两人。
孤棹：孤舟。
小楼：女子居住的地方。

【译文】

美人笑一下值千金。当日我们俩一往情深。好几次喝完酒，烛火灭，炉香暖，我们在鸳鸯被里成就好事。

如今隔着千山万水，梦魂深远，音信沉沉。孤舟停在雾霭茫茫的水面上，小楼在清风明月下，我们虽然人在两处，但心意是一样的。

150. 少年游·铃斋无讼宴游频

铃斋无讼宴游频。罗绮簇簪绅。施朱傅粉，丰肌清骨，容态尽天真。

舞裀歌扇花光里，翻回雪、驻行云。绮席阑珊，凤灯明灭，谁是意中人。

【注释】

铃斋无讼：即铃阁，古代将帅或州郡长官办事之处。无讼，没有需要处理的官司公案。形容社会清明，安定和谐。
簪绅：代指官吏。冠簪和绅带是古代官吏的服饰。
舞裀：舞衣。
花光：花的光彩。
翻回雪：舞姿轻盈好像风吹雪起。
绮席：精美丰盛的宴席。
凤灯：凤凰形状的灯。

【译文】

铃阁没有需要处理的官司公案，频频举行宴会游玩。美人簇拥着官员。涂脂抹粉，丰满的肌肤清秀的骨骼，形态尽显天真自然。

在花的光彩里，舞女舞动轻盈，如同风吹雪起，歌女唱歌遏制行云。丰盛的宴席即将结束，凤灯忽明忽暗，谁是意中人。

151. 少年游・帘垂深院冷萧萧

帘垂深院冷萧萧。花外漏声遥。青灯未灭，红窗闲卧，魂梦去迢迢。

薄情漫有归消息，鸳鸯被、半香消。试问伊家，阿谁心绪，禁得恁无憀。

【注释】

青灯：灯光是青色的油灯。
薄情：薄情负心的人。
漫有：没有。
伊家：你。
阿谁：何人，什么人。
无憀：无聊。

【译文】

帘幕低垂庭院深深冷冷清清。花外的滴漏声远远传来。青灯还没有灭，悠闲地躺在红窗旁边，梦里去了很远的地方。

薄情的人没有归来的消息，鸳鸯被上残留的香气大半都消失了。试问你，谁有这样的心情，经受得住这样的无聊。

152. 少年游·日高花榭懒梳头

日高花榭懒梳头。无语倚妆楼。修眉敛黛，遥山横翠，相对结春愁。

王孙走马长楸陌，贪迷恋、少年游。似恁疏狂，费人拘管，争似不风流。

【注释】

花榭：花园中的台榭。这里指的是女子的住处。
长楸陌：长着楸树的道路。指回家的路。
费人：让人费心。
拘管：挂念。

【译文】

太阳升高了，花榭中的佳人还懒得梳头。默默无语地依靠在梳妆楼上。长长的双眉皱着，远处苍山横翠，黛眉与远山相对都满含春愁。

王孙公子骑着马走在回家的路上，而少年人多迷恋游玩。像这样的狂放，让人费心挂念，还不如不风流。

153. 少年游·淡黄衫子郁金裙

淡黄衫子郁金裙。长忆个人人。文谈闲雅，歌喉清丽，举措好精神。

当初为倚深深宠，无个事、爱娇嗔。想得别来，旧家模样，只是翠蛾颦。

【注释】

郁金裙：郁金香花朵颜色的裙子。
文谈：文辞谈吐。
倚：依仗。
无个事：无缘无故。

【译文】

淡黄色的短衣，郁金香色的裙子。长长久久地想念她。文辞谈吐，闲静文雅，举止很有精神。

当初因为仗着我对她浓浓的宠爱，无缘无故地就爱发小脾气。分别后又相见，还是从前的模样，只是皱着眉头。

154. 木兰花 · 翦裁用尽春工意

翦裁用尽春工意。浅蘸朝霞千万蕊。天然淡泞好精神，洗尽严妆方见媚。

风亭月榭闲相倚。紫玉枝梢红蜡蒂。假饶花落未消愁，煮酒杯盘催结子。

【注释】

春工：春天造化自然之功。此处运用拟人手法，把春天比作工匠。
假饶：假如，纵使。
杯盘：杏子形如小圆盘。

【译文】

杏花是春天用尽心意剪裁出来的，它浅浅地蘸上朝霞的颜色，露出了千万个花蕊。它恬淡天然好风韵，是洗净庄重妆容之后才能看到的美。

杏花与风亭月榭相邻相依。枝干树梢颜色如紫玉，花蒂如红蜡。假如花落下没有消去你的忧愁，还可以催它快点结果好煮酒以消愁。

155. 木兰花·心娘自小能歌舞

心娘自小能歌舞。举意动容皆济楚。解教天上念奴羞，不怕掌中飞燕妒。

玲珑绣扇花藏语。宛转香裀云衬步。王孙若拟赠千金，只在画楼东畔住。

【注释】

举意动容：举止形态动作容貌。
济楚：整齐洁净漂亮。
解教：能让。
念奴：唐代天宝年间的善于歌唱的女艺人。
玲珑：形容心娘的歌声清越。
香裀：地毯。

【译文】

心娘从小就能歌善舞。举止形态动作容貌都很整洁爽利。歌声能让念奴羞愧，舞姿不逊色于赵飞燕。

心娘清越的歌声从绣扇后面飘出来。婉转的舞姿在地毯上旋转。贵公子们打算赠给她千金，只为了在她阁楼的东边住一住。

156. 木兰花·佳娘捧板花钿簇

佳娘捧板花钿簇。唱出新声群艳伏。金鹅扇掩调累累，文杏梁高尘簌簌。

鸾吟凤啸清相续。管裂弦焦争可逐。何当夜召入连昌，飞上九天歌一曲。

【注释】

捧板：手里捧着打节拍的檀板。
花钿：古代的一种发饰。
金鹅扇：用金装饰的鹅毛扇。
调：歌声。
累累：连贯。
文杏梁：文杏树做的房梁。
争可：怎可。
何当：什么时候。
连昌：唐代连昌宫。暗用唐代念奴的故事。
九天：指皇宫。

【译文】

佳娘手里拿着檀板，头上戴着花钿。她的歌声新颖美妙，折服了众多佳人。用金鹅扇半掩着，歌声连贯流畅，高高的房梁上的尘土都被震下来了。

歌声清脆仿佛鸾凤在歌唱，还在继续唱。乐管吹裂，琴弦弹焦，也比不上这歌声。什么时候像念奴一样被连夜召进连昌宫，进入皇宫里唱一曲。

157. 木兰花·黄金万缕风牵细

黄金万缕风牵细。寒食初头春有味。殢烟尤雨索春饶，一日三眠夸得意。

章街隋岸欢游地。高拂楼台低映水。楚王空待学风流，饿损宫腰终不似。

【注释】

黄金万缕：新发芽的柳树枝是金黄色的。
味：意味，情味。
饶：增加，增添。
一日三眠：柳枝萌芽好像人睁开睡眼，古人称为“柳眼”。

【译文】

金黄色的柳树新细枝被风吹动。寒食节开始的时候，春天刚刚到来。丝丝柳枝与蒙蒙烟雨纠缠，更增添了春的意味，柳芽生长很快，仿佛在夸耀自己。

章台街隋河岸因为柳树的装点成了人们的欢乐游玩之地。那里高处的柳枝轻拂楼台，低处的柳枝掩映水波。楚王空学风流，喜欢美人们纤细的腰肢像柳树一样，奈何美人们就是饿死了腰也不会像柳枝那样袅娜。

158. 木兰花·虫娘举措皆温润

虫娘举措皆温润。每到婆娑偏恃俊。香檀敲缓玉纤迟，画鼓声催莲步紧。

贪为顾盼夸风韵。往往曲终情未尽。坐中年少暗消魂，争问青鸾家远近。

【注释】

婆娑：舞蹈。
恃俊：对自己相当自信。
玉纤：纤纤玉指。
画鼓：有彩绘装饰的鼓。
贪为：贪图。
顾盼：指人们的注视。
夸：卖弄。

【译文】

虫娘举止温润。但一跳起舞来就变得自恃舞技出众。檀板缓缓敲响，纤纤玉指慢慢举起；有花纹的鼓一敲响，她的步子就紧紧跟上。

想要引起人们的注意，卖弄自己的风韵。往往一曲结束，还沉浸在情意中。坐中的青年人们暗自销魂，争着问虫娘的家在哪里。

159. 木兰花·东风催露千娇面

东风催露千娇面。欲绽红深开处浅。日高梳洗甚时忺，点滴燕脂匀未遍。

霏微雨罢残阳院。洗出都城新锦段。美人纤手摘芳枝，插在钗头和凤颤。

【注释】

千娇面：娇美的面容。这里指的是怒放的海棠花。
忺（xiān）：高兴。
燕脂：胭脂。
霏微：形容微小。
锦段：锦缎。

【译文】

东风催开了海棠花。将开的花蕾是深红色，已经开放的花朵是浅红色。就好像一位天真少女，太阳升高了，梳洗未毕，胭脂没有抹均匀。

小雨过后，院子里残阳照耀。雨水将都城洗得好像新的锦缎。美人纤纤素手摘掉花枝，插在头发上与钗上的凤凰一起，在和暖的风中微微颤动。

160. 木兰花·酥娘一搦腰肢袅

酥娘一搦腰肢袅。回雪萦尘皆尽妙。几多狎客看无厌，一辈舞童功不到。

星眸顾指精神峭。罗袖迎风身段小。而今长大懒婆娑，只要千金酬一笑。

【注释】

萦尘：原指一种舞蹈的名字。这里形容舞姿轻盈曼妙。
一辈：一班。
顾指：顾盼。
峭：俏丽多姿。

【译文】

酥娘的腰肢纤细袅娜，一把手就可以握住。舞姿轻盈曼妙，妙不可言。多少狎客看不厌，一班舞童的功夫都比不上她。

明亮的眼睛顾盼生姿，神韵俏丽。舞动起来罗袖随风鼓动，身子小巧。而如今长大了却懒得跳舞，只有千金才能博得一笑。

161. 长相思・画鼓喧街

画鼓喧街，兰灯满市，皎月初照严城。清都绛阙夜景，风传银箭，露叆金茎。巷陌纵横。过平康款辔，缓听歌声。凤烛荧荧。那人家、未掩香屏。

向罗绮丛中，认得依稀旧日，雅态轻盈。娇波艳冶，巧笑依然，有意相迎。墙头马上，漫迟留、难写深诚。又岂知、名宦拘检，年来减尽风情。

【注释】

画鼓：这里泛指各种乐器。
严城：庄严严整的城。这里指帝都。
清都：帝王居住的宫殿。
绛阙：宫殿的深红色门阙。
叆（ài）：云彩很厚的样子。
款辔：牵着马的辔头慢慢走。
娇波：娇媚的秋波。
墙头马上：指男女一见钟情。典故出自唐代白居易《井底引银瓶》诗：妾弄青梅凭短墙，君骑白马傍垂杨。墙头马上遥相顾，一见知君即断肠。
迟留：停留。
写：表露。
拘检：拘束检点。

【译文】

大街上锣鼓喧天，满市集上都是兰灯，皎洁的月亮刚刚升起，照着京城。京城的夜景，风中传来滴漏的声音，露水滴在承露盘里。道路纵横。牵着马慢慢走过平康里，慢慢听着歌声。风烛烛火荧荧。那人的家里半开着芳香的屏风。

在众多美人群里，我依稀认出旧日的情人，她还是那样姿态优雅轻盈。眼波艳冶，像以前一样巧笑倩兮，带着情意迎上来。墙头马上，我们一见钟情，徒然停留，难以表露深深的诚意。她又哪里知道，身为有名望的官员拘束检点，近年来风流才情已经没了。

162. 轮台子・一枕清宵好梦

一枕清宵好梦，可惜被、邻鸡唤觉。匆匆策马登途，满目淡烟衰草。前驱风触鸣珂，过霜林、渐觉惊栖鸟。冒征尘远况，自古凄凉长安道。行行又历孤村，楚天阔、望中未晓。

念劳生，惜芳年壮岁，离多欢少。叹断梗难停，暮云渐杳。但黯黯魂消，寸肠凭谁表。恁驱驱、何时是了。又争似、却返瑶京，重买千金笑。

【注释】

买千金笑：即千金买笑，意为不惜重金，博得美人欢心。

【译文】

一夜好梦，可惜被邻居家的鸡给吵醒了。匆匆忙忙骑着马登上路途，放眼望去满眼都是淡淡的烟气和衰败的枯草。策马前行，风吹动马笼头上的玉饰，走过结霜的树林，才发现惊动了栖息的鸟儿。冒着征途上的劳苦，自古最凄凉的就是长安道。又往前走，路过了孤村，楚地的天空开阔，天还没有亮。

想到这劳苦的一生，遗憾的是在芳华年少之时，聚少离多。感叹自己如同风中断梗难以停下，傍晚的云渐渐飘远。只是这黯然销魂的心情向谁表述呢。就这样走，何时才能结束。又怎么比得上，重返帝都，去千金买笑。

163. 轮台子·雾敛澄江

雾敛澄江，烟消蓝光碧。彤霞衬遥天，掩映断续，半空残月。孤村望处人寂寞，闻钓叟、甚处一声羌笛。九嶷山畔才雨过，斑竹作、血痕添色。感行客。翻思故国，恨因循阻隔。路久沈消息。

正老松枯柏情如织。闻野猿啼，愁听得。见钓舟初出，芙蓉渡头，鸳鸯滩侧。干名利禄终无益。念岁岁间阻，迢迢紫陌。翠蛾娇艳，从别后经今，花开柳拆伤魂魄。利名牵役。又争忍、把光景抛掷。

【注释】

九嶷（yí）山：山名，在湖南宁远县。
翻思：翻然思念。
路久：在路上的时间长了。
干：求取。
柳拆：柳树发芽。拆，同“坼”，裂开。

【译文】

澄澈的江面上雾气收敛，烟气消散，江水泛出蓝绿色的光彩。红霞好像为高远的天空穿上了一件衣服，断断续续时隐时现。孤单的村落，人影寂寞，听见有钓鱼的老翁，不知道哪里传来一声羌笛声。九嶷山边才下了一阵雨，斑竹上的斑痕颜色更红了。行路人都被这感动了。幡然间想念故乡，只恨拖延阻隔。在路上的时间长了，消息都没了。

看着老松枯柏，情丝如织。听见野猿的叫声，产生了愁思。钓鱼的小船出现了，在荷花渡口，鸳鸯滩边。求取功名利禄最终没什么益处。年年有阻隔，道路遥远。佳人娇艳美丽，从分别后一直到今天，花儿开了柳树发芽了，魂魄暗自神伤。被功名牵绊。又怎么忍心把美好的景色抛却。

164. 洞仙歌・嘉景

嘉景，向少年彼此，争不雨沾云惹。奈傅粉英俊，梦兰品雅。金丝帐暖银屏亚。并粲枕、轻偎轻倚，绿娇红姹。算一笑，百琲明珠非价。

闲暇。每只向、洞房深处，痛怜极宠，似觉些子轻孤，早恁背人沾洒。从来娇多猜讶。更对翦香云，须要深心同写。爱揾了双眉，索人重画。忍孤艳冶。断不等闲轻舍。鸳衾下。愿常恁、好天良夜。

【注释】

向：在。
梦兰：春秋时郑文公的妾梦见天使给了她一枝兰花，后来她生了郑穆公，取名叫兰。后人称怀孕为梦兰。
亚：关闭。
粲枕：华丽的枕头。
非价：价值比不上。
些子：有些。
沾洒：流泪。
猜讶：猜忌怀疑。
揾（wèn）：擦去，擦掉。
忍孤艳冶：怎忍辜负美人的情意。

【译文】

景色美好，彼此年少，怎能不沾染云雨。更何况少年英俊，女子可爱。金丝帐里很暖和，银色屏风已掩闭。美人们一起躺在华丽的枕头上，轻轻相互依偎着。美人一笑，即使是百串明珠的价值也比不上。

闲暇时间，每每在内室深处，对她十分怜宠，但她似乎觉得有些被辜负情意，背着人偷偷哭泣。从来都是娇嗔多猜忌。更是相互剪下头发以盟誓，必须一同写下深深的心意。擦去画好的眉毛，让爱人重新给画。怎忍辜负美人的情意啊。我一定不会轻易抛舍她。在鸳鸯被下，我愿常常能拥有这样的良辰美景。

165. 洞仙歌·佳景留心惯

佳景留心惯。况少年彼此，风情非浅。有笙歌巷陌，绮罗庭院。倾城巧笑如花面。恣雅态、明眸回美盼。同心绾。算国艳仙材，翻恨相逢晚。

缱绻。洞房悄悄，绣被重重，夜永欢馀，共有海约山盟，记得翠云偷翦。和鸣彩凤于飞燕。间柳径花阴携手遍。情眷恋。向其间、密约轻怜事何限。忍聚散。况已结、深深愿。愿人间天上，暮云朝雨长相见。

【注释】

佳景：风流韵事。
同心绾：同心结已绾。
国艳：最艳丽的花，多指牡丹。
仙材：出众的资质。
翠云偷翦：偷偷剪下头发。
和鸣彩凤：像凤凰和鸣般感情和谐。
于飞燕：像燕子一样比翼齐飞。于，助词，无实际意义。
间：间或，时而。
聚散：离散。

【译文】

习惯了留心风流韵事。何况彼此都是青春年少，风情更是浓厚。街巷里笙歌燕舞，庭院里佳人绮罗。笑起来倾国倾城，脸庞犹如花朵。尽情展现优雅的形态，回眸一笑百媚生。同心结已绾。就算是郎才女貌，反恨相见太晚。

情意绵绵。洞房里静悄悄的，绣被一层层，夜还很长，欢乐还很多，共同山盟海誓，记得剪下头发相赠。像凤凰和鸣般感情和谐，像燕子一样比翼齐飞。携手逛遍花丛中树荫下。情意眷恋。在这期间，秘密约会无限宠爱，没什么限制。怎么能忍受离散。何况已经结下了深深的心愿。愿我们天上人间，朝朝暮暮，一直在一起。

166. 洞仙歌·乘兴

乘兴，闲泛兰舟，渺渺烟波东去。淑气散幽香，满蕙兰汀渚。绿芜平畹，和风轻暖，曲岸垂杨，隐隐隔、桃花圃。芳树外，闪闪酒旗遥举。

羁旅。渐入三吴风景，水村渔市，闲思更远神京，抛掷幽会小欢何处。不堪独倚危樯，凝情西望日边，繁华地、归程阻。空自叹当时，言约无据。伤心最苦。伫立对、碧云将暮。关河远，怎奈向、此时情绪。

【注释】

淑气：春天温暖和煦的空气。
绿芜：绿草。
平畹：大片平坦的土地。
日边：京城。
言约：口头约定。

【译文】

我兴致很好，悠闲地泛舟，顺着烟雾笼罩的水波向东去。春天温暖和煦的空气里满是幽幽香气，水中小洲上长满了蕙草和兰草。平地上长满了绿草，微风轻暖，弯曲的岸边种着垂柳，后面隐隐是种着桃花的花圃。花树外面，鲜亮的酒旗在远远地迎风招展。

旅行在他乡。渐渐到了三吴地区，这里水村渔市很热闹，悠闲的思绪想到了更远的帝都，抛弃了幽会，去哪里寻找欢乐呢。承受不住，独自倚靠着高高的桅杆，满眼含情地望着西边的京城，那里是繁华之地，但回去的路程受阻了。空自感叹，当时的誓约是口头说的，没有凭证。这是最伤心痛苦的事。长久地站立，看着天色接近傍晚。山高水长，此时的情绪很无奈。

167. 离别难·花谢水流倏忽

花谢水流倏忽，嗟年少光阴。有天然、蕙质兰心。美韶容、何啻值千金。便因甚、翠弱红衰，缠绵香体，都不胜任。算神仙、五色灵丹无验，中路委瓶簪。

人悄悄，夜沈沈。闭香闺、永弃鸳衾。想娇魂媚魄非远，纵洪都方士也难寻。最苦是、好景良天，尊前歌笑，空想遗音。望断处，杳杳巫峰十二，千古暮云深。

【注释】

翠弱红衰：形容女子生病时的衰弱。
缠绵：形容久病不愈。
胜任：承受得住。
委瓶簪：丢掉瓶子和簪子。指女子死亡。
洪都方士：鸿都研究道法仙术的人。洪都，疑为“鸿都”。

【译文】

倏忽之间，花朵凋谢水流走，感慨年少光阴易逝。有位佳人天生蕙质兰心。美丽的容貌何止值千金。就因为不知名的原因，病体缠绵，不堪承受。神仙的五色灵丹也无效，年轻轻就去世了。

人无语，夜深沉。香闺关门，鸳鸯被永远用不上了。想来那佳人的魂魄还没走远，但纵然是鸿都方士也难以寻找。最凄苦的是，良辰美景，饮酒歌舞，欢声笑语，只徒劳想念她的佳音。极目远望，巫山十二峰缥缈遥远，千古暮云深深不知处。

168. 过涧歇近·淮楚

淮楚。旷望极，千里火云烧空，尽日西郊无雨。厌行旅。数幅轻帆旋落，舣棹蒹葭浦。避畏景，两两舟人夜深语。

此际争可，便恁奔名竞利去。九衢尘里，衣冠冒炎暑。回首江乡，月观风亭，水边石上，幸有散发披襟处。

【注释】

淮楚：淮河流域的楚地，现今江苏淮安、淮阴一带。
旷望：极目远眺。
舣棹：停船靠岸。
畏景：夏天的太阳。景，日光。

【译文】

我在淮楚之地。极目远眺，天空中遍布火烧云，一整天西边的郊外都没有下雨。厌倦了行旅。好多船帆降下来，将船停在了长满芦苇的岸边。避开炎热的日光，在船里两两坐着说话到深夜。

这个时候怎么可以就这样奔着名利去呢。在京城的街道上，还得顶着炎炎暑热穿戴着官衣官帽。再回头来看水乡，清风明月下的楼台亭榭，水边石上，还有不受拘束可以披头散发的地方。

【辑评】

黄氏《蓼园词评》：语意含蓄，笔势奇矫绝伦。

169. 过涧歇近·酒醒

酒醒。梦才觉，小阁香炭成煤，洞户银蟾移影。人寂静。夜永清寒，翠瓦霜凝，疏帘风动。漏声隐隐，飘来转愁听。

怎向心绪，近日厌厌长似病。凤楼咫尺，佳期杳无定。展转无眠，粲枕冰冷。香虬烟断，是谁与把重衾整。

【注释】

煤：烟气凝结的黑灰。
洞户：窗户。
翠瓦：翠绿色的琉璃瓦。
香虬：香球，一种小火炉。

【译文】

喝醉了做梦才醒来，小阁楼里的香炭已经烧成了黑灰，窗户上月亮照出来的影子已经移动了位置。人们寂静无语。夜很长，清静寒冷，绿瓦上凝结了白霜。风吹动松散的帘子，滴漏的声音隐隐传来，听来转成了愁绪。

怎奈最近的心情，恹恹不振好像生病一样。佳人居住的凤楼就在咫尺，约会的佳期还不知道什么时候。辗转反侧睡不着，枕头冰冷。小火炉里的烟已经断了，是谁帮我整理了厚厚的被子。

170. 菊花新·欲掩香帏论缱绻

欲掩香帏论缱绻。先敛双蛾愁夜短。催促少年郎，先去睡、鸳衾图暖。

须臾放了残针线。脱罗裳、恣情无限。留取帐前灯，时时待、看伊娇面。

【注释】

残针线：尚未做完的针线活。

【译文】

想放下香闺的帷帐说说绵绵的情意。她却皱起眉头，发愁夜晚太短。催促少年郎，先去睡吧，鸳鸯被很暖和。

不一会儿，她放下快弄完的针线活。脱掉衣服，恣意恩爱。帷帐前的灯要留着，好时时看你娇美的面容。

171. 望汉月・明月明月明月

明月明月明月。争奈乍圆还缺。恰如年少洞房人，暂欢会、依前离别。

小楼凭槛处，正是去年时节。千里清光又依旧，奈夜永、厌厌人绝。

【注释】

乍圆：刚圆。
年少洞房人：年轻夫妻。

【译文】

明月啊明月，怎奈刚圆了又缺。就好像年轻夫妻，暂时欢乐约会，又像以前一样离别。

去年此时在小楼那凭栏。一洒千里的清亮月光还是像从前一样，奈何夜很长，寂静无人。

172. 满江红·万恨千愁

万恨千愁，将年少、衷肠牵系。残梦断、酒醒孤馆，夜长无味。可惜许、枕前多少意，到如今、两总无终始。独自个、赢得不成眠，成憔悴。

添伤感，将何计。空只恁，厌厌地。无人处思量，几度垂泪。不会得、都来些子事，甚恁底、死难拚弃。待到头、终久问伊看，如何是。

【注释】

年少：年少的人，这里指的是作者自己。
许：助词，无意义。
两总：两人。
拚弃：舍弃。
如何是：如何是好。

【译文】

我的心肠被千愁万恨牵系着。半夜在孤独的驿馆中从醉酒中醒来，长夜漫漫，索然无味。可惜的是，以前在枕前许下的多少心意，到现在却不能在一起。落得个孤单一人睡不着，越发憔悴了。

更添伤感，那又有什么办法。自己一个人，无精打采。在没人的地方想着想着，好几回都流泪了。不明白都是些什么乱七八糟的小事，这样难以舍弃。待到与你相见，要问问你，如何是好。

173. 满江红·匹马驱驱

匹马驱驱，摇征辔、溪边谷畔。望斜日西照，渐沈山半。两两栖禽归去急，对人相并声相唤。似笑我、独自向长途，离魂乱。

中心事，多伤感。人是宿，前村馆。想鸳衾今夜，共他谁暖。惟有枕前相思泪，背灯弹了依前满。怎忘得、香阁共伊时，嫌更短。

【注释】

山半：半山腰。
是：在。
共他谁暖：谁与他一起暖和。
满：满眼泪水。
更：夜晚。

【译文】

我骑着马，牵着辔头，在小溪边山谷畔前行。放眼望去，夕阳西下，渐渐沉到了半山腰。成双成对的飞鸟急急忙忙飞走，在人前相互呼唤。它们似乎是在嘲笑我，还独自走在漫长的路途中，而我离家在外，心里惶惑不安。

心里想的事，大多是伤感的。我在前面村庄的驿馆里住宿。想今夜那鸳鸯被，不知道谁与她一起睡。唯有在枕前默默流泪，背对着灯，擦掉眼泪，又立刻涌了出来。怎么能忘记，与你一起在芳香的闺阁里，嫌夜晚太短。

174. 满江红·访雨寻云

访雨寻云，无非是、奇容艳色。就中有、天真妖丽，自然标格。恶发姿颜欢喜面，细追想处皆堪惜。自别后、幽怨与闲愁，成堆积。

鳞鸿阻，无信息。梦魂断，难寻觅。尽思量，休又怎生休得。谁恁多情凭向道，纵来相见且相忆。便不成、常遣似如今，轻抛掷。

【注释】

访雨寻云：指寻找美人。
就中：其中。
标格：风度。
恶发：发怒。
梦魂断：梦醒。
休：斩断情丝。
不成：难道。

【译文】

寻找美人，无非找的是美艳的佳人。其中也有天生丽质，自然有风度的。不管是生气发怒，还是面带笑容，细细追想，处处觉得都可爱。自从分别以后，幽怨和闲愁就堆积起来。

鱼雁受阻，书信难寄，杳无音讯。从梦中醒来，再难找到。想来想去，怎么能斩断情丝呢。这样多情，向谁诉说，纵然相见了，也还是要互相想念。难不成，使人总得像如今这样，轻易抛弃。

175. 望远行·长空降瑞

长空降瑞，寒风翦，淅淅瑶花初下。乱飘僧舍，密洒歌楼，迤逦渐迷鸳瓦。好是渔人，披得一蓑归去，江上晚来堪画。满长安，高却旗亭酒价。

幽雅。乘兴最宜访戴，泛小棹、越溪潇洒。皓鹤夺鲜，白鹇失素，千里广铺寒野。须信幽兰歌断，彤云收尽，别有瑶台琼榭。放一轮明月，交光清夜。

【注释】

瑞：瑞雪。
瑶花：洁白的雪花。
高却：抬高了。
访戴：访友。典故出自《世说新语·任诞》："王子猷（王徽之）居山阴，夜大雪，眠觉，开室，命酌酒。四望皎然，因起彷徨，咏左思《招隐诗》，忽忆戴安道（戴逵）。时戴在剡，即便夜乘小船就之。经宿方至，造门不前而返。人问其故，王曰：'吾本乘兴而行，兴尽而返，何必见戴？'"
幽兰：白雪。典故出自宋玉《讽赋》中"臣援而鼓之，为《幽兰》《白雪》之曲"，用幽兰代指白雪。
彤云：浓云，阴云。
交光：雪光和月光交相辉映。

【译文】

天空降下了瑞雪，像被寒风剪出来的一样，洁白的雪花簌簌落下。飘落进僧人的屋舍，飘进歌女的楼阁，连绵不断，渐渐弥漫了鸳鸯瓦。最好像渔人那样，披着蓑衣去江上捕鱼，晚上回来那情景可以画成一幅画。整个长安城的酒楼里酒价都抬高了。

环境幽雅。乘着兴致最适合去访友，划着小船，洒脱地去朋友家。千里原野被白茫茫的大雪覆盖，雪白得让白鹤失去颜色，让白鹇比不上。要相信等雪停了，浓云散去，亭台轩榭别有一番风情。明月当空，在清冷的夜晚，雪光和月光交相辉映。

【辑评】

唐圭璋、潘君昭《论柳永词》：作者以工致的笔法，勾勒出图画般的春夏秋冬四季佳景。并擅长于摄取较有特征的镜头，使之形象鲜明地呈现在人们眼前。

176. 临江仙·梦觉小庭院

梦觉小庭院，冷风淅淅，疏雨潇潇。绮窗外、秋声败叶狂飘。心摇。奈寒漏永，孤帏悄，泪烛空烧。无端处，是绣衾鸳枕，闲过清宵。

萧条。牵情系恨，争向年少偏饶。觉新来、憔悴旧日风标。魂消。念欢娱事，烟波阻，后约方遥。还经岁，问怎生禁得，如许无聊。

【注释】

如许：如此，这样。

【译文】

在小庭院里睡醒来，冷风呼呼吹，下起了稀稀拉拉的雨。窗外，秋天的枯叶在风中乱飘。心神不定。奈何寒夜中漏壶的声音一直在响，孤单的帷帐中静悄悄，蜡烛空自燃烧成烛泪。无缘无故，独自拥着绣被和鸳鸯枕，空度清冷的夜晚。

情景萧条。我怎么被这么多的感情牵系。最近觉得憔悴，失去了往日的风度。黯然销魂想起欢乐的事，奈何被山高水长阻隔，以后的约见遥遥无期。而且以后年年都如此，这般无聊，自问怎么忍受得了。

177. 临江仙·鸣珂碎撼都门晓

鸣珂碎撼都门晓，旌幢拥下天人。马摇金辔破香尘。壶浆盈路，欢动一城春。

扬州曾是追游地，酒台花径仍存。凤箫依旧月中闻。荆王魂梦，应认岭头云。

【注释】

旌幢：统称仪仗中的旗子。
天人：出众的人。这里指的是一位官德很高的官员。
壶浆：用壶装着饮料。
荆王：汉代刘邦时的开国功臣刘贾。

【译文】

马笼头上的饰品的碰撞声轻轻地打碎了京都清晨的宁静，旌旗下是被簇拥着的高德官员。骏马摇晃着金辔头踏破尘土。百姓们带着食物和酒水夹道欢迎，整座城欢声雷动。

官员曾经管辖的扬州是追欢游玩之地，喝酒的平台、长满鲜花的小路都还在。月夜下，还能听见有人吹奏凤箫。汉代建功立业的武将刘贾也会认得他在边塞的功勋。

178. 小镇西犯·水乡初禁火

水乡初禁火，青春未老。芳菲满、柳汀烟岛。波际红帏缥缈。尽杯盘小。歌祓禊，声声谐楚调。

路缭绕。野桥新市里，花秾妓好。引游人、竞来喧笑。酩酊谁家年少。信玉山倒。家何处，落日眠芳草。

【注释】

禁火：指寒食节不开火。
青春：指春天。
波际：水边。
祓（fú）禊：古代人们农历三月三在水边举行祈福祭礼，称为祓禊。
楚调：楚地的音乐，泛指长江中下游的音乐。
缭绕：弯曲回转。
倒：醉倒。

【译文】

水乡刚刚到寒食节，春天还未远去。烟气笼罩的水中小岛上种满了柳树，满是盛开的花朵。水边有若隐若现的红色帐子随风飘动，还有些小杯子小盘子。她们唱着祓禊的歌曲，声声都是婉转的江南小调。

小路弯曲回转。我走过一座小桥，走进一个街市，这里花朵繁盛，歌伎美丽。她们逗引游人，尽兴喧闹欢笑。那喝得酩酊大醉的少年是谁，连家在哪里都不知道，夕阳落下，醉卧芳草中。

179. 促拍满路花·香靥融春雪

香靥融春雪，翠鬓亸秋烟。楚腰纤细正笄年。凤帏夜短，偏爱日高眠。起来贪颠耍，只恁残却黛眉，不整花钿。

有时携手闲坐，偎倚绿窗前。温柔情态尽人怜。画堂春过，悄悄落花天。最是娇痴处，尤殢檀郎，未教拆了秋千。

【注释】

春雪：形容女子的脸庞像春天的雪一样白。
颠耍：玩耍。
尤殢：纠缠。
檀郎：这里指的是佳人的心上人。
未教：不让。

【译文】

她香甜的酒窝长在雪白的脸庞上，浓黑的头发像秋烟一样垂下来。腰肢纤细，正当青春妙龄。晚上睡得太少，偏爱白日高枕安眠。起床后贪玩，就那样带着残妆，也不整理花钿。

有时携手闲坐，有时依偎在绿窗前。那温柔的样子惹人怜爱。画堂里的春天悄悄过去，落花静静落下。最娇痴的是，与心上人纠缠恩爱，不让拆了秋千。

180. 六幺令·淡烟残照

淡烟残照，摇曳溪光碧。溪边浅桃深杏，迤逦染春色。昨夜扁舟泊处，枕底当滩碛。波声渔笛。惊回好梦，梦里欲归归不得。

展转翻成无寐，因此伤行役。思念多媚多娇，咫尺千山隔。都为深情密爱，不忍轻离拆。好天良夕。鸳帷寂寞，算得也应暗相忆。

【注释】

枕底：枕头。
滩碛（qì）：浅水沙滩上的石头。

【译文】

淡淡的烟气，夕阳西下，碧绿的溪水波光荡漾。溪边有浅色的桃花和深色的杏花，连绵不断弯弯曲曲地装饰着春色。昨天晚上停船靠岸，就船上睡觉。听见水波的声音和渔人吹奏的笛子。好梦被惊醒，梦里想回去，却回不去。

辗转反侧睡不着，对在外漂泊感到悲伤。思念那多娇多媚的佳人，距离很近，却仿佛有千山阻隔。都是浓情蜜意，不忍心轻易离开。如此良辰美景，料想佳人在鸳鸯帷帐里也很寂寞，也在默默想念我。

181. 剔银灯·何事春工用意

何事春工用意。绣画出、万红千翠。艳杏夭桃，垂杨芳草，各斗雨膏烟腻。如斯佳致。早晚是、读书天气。

渐渐园林明媚。便好安排欢计。论槛买花，盈车载酒，百琲千金邀妓。何妨沈醉。有人伴、日高春睡。

【注释】

何事：为什么。这里并不是真正的发问，只是表达一种惊喜。
早晚：何曾，哪里。
欢计：美好欢乐的约会计划。
论槛：按照栅栏的大小。

【译文】

春回大地，春天仿佛一位能工巧匠，绣画出万紫千红满目苍翠。艳丽的杏花，妖娆的桃花，垂柳芳草，在贵如油的春雨中，在湿润的烟气中，争奇斗艳。如此美好的景致，哪里是读书的天气。

园林中渐渐明媚起来，正好安排我的美好约会。按照栅栏的大小买花，装满整车的酒，花费成串的珍珠和千金邀请歌伎前来。喝醉了又怎么样。有人相伴，睡到日上三竿。

182. 传花枝·平生自负

平生自负，风流才调。口儿里、道知张陈赵。唱新词，改难令，总知颠倒。解刷扮，能哄嗽，表里都峭。每遇著、饮席歌筵，人人尽道。可惜许老了。

阎罗大伯曾教来，道人生，但不须烦恼。遇良辰，当美景，追欢买笑。剩活取百十年，只恁厮好。若限满、鬼使来追，待倩个、掩通著到。

【注释】

自负：自信，自恃。
才调：才情。
道：宋元时期的一种拆字成句的游戏。
难令：拗口的曲子。
颠倒：歌词语句的次序。
解：了解，知道。
刷扮：装扮，打扮。
哄嗽（pēn sòu）：哄，同“喷”，吐出。嗽，吮入。吸气和吐气。
峭：俊俏，美好。
许：如此。
阎罗大伯：阎王。大伯是用了诙谐戏谑的手法。
剩：多。
取：语气助词。
厮好：相好。

倩：央求。
掩通：看门人，报信人。
著到：报到。

【译文】

我平生对自己不拘礼法的才情很自负。平时说话间就能拆字成句；还能唱新词，改拗口的曲子，总能知道歌词语句的次序；而且知道怎么装扮，如何运气，我的外表内里都很美好。每次参加酒席，人人都赞不绝口。可惜我老了。

阎王爷曾经教我，人生在世，不要烦恼。遇上良辰美景，就应该追寻欢乐。多活个百十来年，与心上人就这样相守。若期限到了，鬼使来索命，就等个报信的人来通知一声。

183. 留客住・偶登眺

偶登眺。凭小阑、艳阳时节，乍晴天气，是处闲花芳草。遥山万叠云散，涨海千里，潮平波浩渺。烟村院落，是谁家、绿树数声啼鸟。

旅情悄。远信沈沈，离魂杳杳。对景伤怀，度日无言谁表。惆怅旧欢何处，后约难凭，看看春又老。盈盈泪眼，望仙乡、隐隐断霞残照。

【注释】

悄：忧愁的样子。
断霞：残余的晚霞。

【译文】

一次偶然登高远眺。靠着小小的栏杆，正是艳阳天，天气刚刚放晴，到处都是繁盛的花花草草。远处的山重峦叠嶂，山间云雾散去，海水涨潮了，风平浪静烟波浩渺。烟气笼罩的院落，不知道谁家翠绿的树上传来几声鸟鸣。

旅途中顿生忧愁。远方的人没有消息，游子思绪幽远。看着这样的景色有些伤怀，整天默默无言，不知道向谁诉说。想到旧日的欢乐不知道在哪里，将来的约会也没有着落，岁岁年年，青春不再，便心生惆怅。满眼含泪，望向心上人居所的方向，只隐隐看到残阳与天边残留的晚霞。

184. 慢卷绌·闲窗烛暗

闲窗烛暗，孤帏夜永，欹枕难成寐。细屈指寻思，旧事前欢，都来未尽，平生深意。到得如今，万般追悔。空只添憔悴。对好景良辰，皱著眉儿，成甚滋味。

红茵翠被。当时事、一一堪垂泪。怎生得依前，似恁偎香倚暖，抱著日高犹睡。算得伊家，也应随分，烦恼心儿里。又争似从前，淡淡相看，免恁牵系。

【注释】

都来：宋代口语，算来。
红茵：红色的垫子。
随分：照样。

【译文】

窗边一盏烛火暗淡，无边的暗夜，孤单的帷帐，斜靠着枕头难以入眠。细细掐指盘算，往日的欢乐，算来没有尽到平生的深情厚意。到如今，内心万般后悔，空自增添几分憔悴。对着这良辰美景，皱着眉头，内心真不是滋味。

红色的垫子翠绿的被子。想起当年的事，每一件都让人忍不住要流泪。怎么才能像这样依偎着、拥抱着睡到日上三竿。料想你也应该是这样，心里很烦恼。又怎么能像以前，还不如淡淡相看，免得像现在这样相互牵系。

185. 归去来·初过元宵三五

初过元宵三五。慵困春情绪。灯月阑珊嬉游处。游人尽、厌欢聚。

凭仗如花女。持杯谢、酒朋诗侣。馀酲更不禁香醑。歌筵罢、且归去。

【注释】

慵困：慵懒倦怠。
厌（yā）：适合。
凭仗：请。
谢：告诉。
馀酲：残留的醉意。
香醑（xǔ）：美酒。

【译文】

刚过了正月十五元宵节，就有点春天的倦怠感。嬉戏游玩的地方的花灯快燃尽了。游人已经没几个了，适合参加聚会。

烦请如花美人。端着酒杯告诉酒朋诗侣，我还有些醉意，喝不下美酒。歌舞宴席结束，还是回去吧。

186. 归去来·一夜狂风雨

一夜狂风雨。花英坠、碎红无数。垂杨漫结黄金缕。尽春残、萦不住。

蝶稀蜂散知何处。殢尊酒、转添愁绪。多情不惯相思苦。休惆怅、好归去。

【注释】

殢尊酒：沉迷喝酒。

【译文】

一晚上都是狂风暴雨。花朵被打落，地上一片残红。垂柳长满了金黄色的嫩枝条。春天快结束了，挽留不住。

蝴蝶少了，蜜蜂疏散，不知道都去了哪里。沉湎于饮酒，转而更添忧愁。我一直多情，不习惯相思的苦。还是不要惆怅了，好好归去吧。

187. 梁州令·梦觉纱窗晓

梦觉纱窗晓。残灯掩然空照。因思人事苦萦牵，离愁别恨，无限何时了。

怜深定是心肠小。往往成烦恼。一生惆怅情多少。月不长圆，春色易为老。

【注释】

掩然：昏暗的样子。
怜深：爱怜深厚。

【译文】

一觉醒来，光线透过纱窗，天已经亮了。快燃尽的灯火空自昏暗地燃着。因着想念那些人那些事，被牵绊着，离愁别恨袭上心头，什么时候才能终了。

我必定是因为心肠太小，容不下这样的情深爱恋，所以总是成了烦恼。我惆怅这一生能有多少情。月亮并不总能圆满，春天也很容易过去。

188. 清平乐·繁花锦烂

繁花锦烂。已恨归期晚。翠减红稀莺似懒。特地柔肠欲断。

不堪尊酒频倾。恼人转转愁生，□□□□□□，多情争似无情。

【注释】

锦烂：如锦缎般绚烂。
转转：辗转。

【译文】

花朵繁盛得如同锦缎般绚烂。早就怨恨回去得太晚。到了花草减少黄莺懒得叫的时节，心里特别难过。

借酒消愁，却不胜酒力。翻来覆去，更生了许多忧愁。（这一句残缺）。多情这样痛苦，还不如无情呢。

【说明】

本词有一句脱漏。

189. 红窗听·如削肌肤红玉莹

如削肌肤红玉莹。举措有、许多端正。二年三岁同鸳寝，表温柔心性。

别后无非良夜永。如何向、名牵利役，归期未定。算伊心里，却冤成薄幸。

【注释】

如削：形容身材苗条。
二年三岁：两三年。
表：表现，表露。
如何：为何。

【译文】

身材苗条，肌肤如红玉般莹润。举止端正。同床共寝两三年。表露出温柔的心性。

自从分别以后都是长夜漫漫。为什么要被功名利禄所牵绊，导致回去的日期定不了。料想你的心里，肯定把我冤枉成了薄幸之人。

190. 玉山枕・骤雨新霁

骤雨新霁。荡原野、清如洗。断霞散彩，残阳倒影，天外云峰，数朵相倚。露荷烟芰满池塘，见次第、几番红翠。当是时、河朔飞觞，避炎蒸，想风流堪继。

晚来高树清风起。动帘幕、生秋气。画楼昼寂，兰堂夜静，舞艳歌姝，渐任罗绮。讼闲时泰足风情，便争奈、雅歌都废。省教成、几阕清歌，尽新声，好尊前重理。

【注释】

荡：荡涤。
芰：菱角。
次第：按照次序。
是时：这时，此时。
河朔飞觞：夏日避暑宴饮。典故出自曹丕《典论》："大驾都许，使光禄大夫刘松北镇袁绍军，与绍子弟宴饮，松常以三伏之际，昼夜酣饮。云以避一时之暑，二方化之。故南荆有三雅之爵，河朔有避暑饮。" 河朔，黄河以北地区。飞觞，飞快地举杯，形容酣畅饮酒。
炎蒸：酷热的暑气。
舞艳歌姝：舞女和歌女。

讼闲时泰：公案很少，社会祥和。
教成：学会。
清歌：与雅歌相对，不同于传统乐曲的新声。

【译文】

下过一阵急雨后天刚放晴。原野被雨水荡涤，清明得好像被洗过一样。天上的余霞放出霞光，夕阳余晖映照在原野上，天空中数朵像山峰一样的云相互挨在一起。带着露水的荷花和被烟气笼罩的菱角，散满整个池塘，依次展现它们的光彩。此时此刻，应该酣畅宴饮，避开夏日炎炎的暑热，那样就可以继续河朔飞觞那样风流的遗风。

晚上高高的大树被清风吹动。帘幕飘动，有了秋天的凉气。白天画楼安静，晚上兰堂悄无声息，在艳丽的舞蹈和美妙的歌声中，渐渐纵情于美色中。公案很少社会祥和，满是风情，可怎奈传统雅歌都废弃了。所幸曾经学过几首清歌，都是新声，可以在宴席前重新唱唱。

191. 减字木兰花·花心柳眼

花心柳眼。郎似游丝常惹绊。慵困谁怜。绣线金针不喜穿。

深房密宴。争向好天多聚散。绿锁窗前。几日春愁废管弦。

【注释】

花心柳眼：春天花吐蕊柳发芽。柳眼，早春柳树发芽犹如人刚睡醒张开的眼睛。
游丝：春天空中飘飞的柳絮等丝状物，常被树梢枝头牵绊。比喻年轻男子。
废管弦：停止音乐歌舞。

【译文】

到了花吐蕊柳发芽的春天。郎君就像那柳絮惹来我的牵挂。我无精打采，有谁怜爱。不想做针线活。

想起曾经在幽深房内私密的宴饮。怎奈美好的天气却总是多离散。窗外绿意浓浓，却不想看。春天尽是忧愁，管弦之乐都废弃了。

192. 甘州令・冻云深

冻云深，淑气浅，寒欺绿野。轻雪伴、早梅飘谢。艳阳天，正明媚，却成潇洒。玉人歌，画楼酒，对此景、骤增高价。

卖花巷陌，放灯台榭。好时节、怎生轻舍。赖和风，荡霁霭，廓清良夜。玉尘铺，桂华满，素光里、更堪游冶。

【注释】

冻云：下雪前天空的阴云。
却：还。
潇洒：形容雪花洋洋洒洒。
玉人：佳人，美人。
放灯：元宵节点燃花灯的习俗。
赖：靠。
霁霭：晴天的烟气。
廓清：肃清。
玉尘：指雪。
桂华：月光。
素光：这里指月光和雪光。

【译文】

天空布满阴云，空气不再温和，寒冷袭上碧绿的原野。伴随着小雪，早开的梅花飘零凋谢。本是明媚的艳阳天，转眼间雪花洋洋洒洒飘落。佳人的歌，画楼的美酒，面对这样的美景，都突然抬高了价钱。

在小街巷里有卖花的，在台榭上有点燃花灯的。这样的好时节，怎么忍心轻易离去。温暖的风将雾气荡涤干净，夜晚景色美好，空气新鲜。地上铺满了白雪，月光明亮，与雪光交相辉映，更适合去游玩了。

193. 河传·翠深红浅

翠深红浅。愁蛾黛蹙，娇波刀翦。奇容妙妓，争逞舞裀歌扇。妆光生粉面。

坐中醉客风流惯。尊前见。特地惊狂眼。不似少年时节，千金争选。相逢何太晚。

【注释】

舞裀：跳舞时的地毯。裀，通“茵”，垫子。
妆光：妆容的光彩。

【译文】

乌发浓密面容红润。愁眉细蹙，眼波明亮。面容美丽的妓女，尽显歌技和舞技。粉嫩的脸妆容焕发。

坐席中喝醉的人是风流惯了。在酒席前见到她，她的美丽令我惊艳。我不会再像年少时候千金买笑，只恨相逢太晚了。

194. 河传 · 淮岸

淮岸。向晚。圆荷向背，芙蓉深浅。仙娥画舸，露渍红芳交乱。难分花与面。

采多渐觉轻船满。呼归伴。急桨烟村远。隐隐棹歌，渐被蒹葭遮断。曲终人不见。

【注释】

向背：有的正面对着人，有的背对着人。
渍：浸染。
红芳：美人和荷花。
棹歌：船工行船时唱的歌。

【译文】

在淮河岸边。快到晚上了。圆圆的荷叶有的背对着人，有的面向人，荷花颜色深深浅浅。有佳人划着船，露水沾身，美人与荷花相互交映。难以区分花朵和美人的面容。

采莲采多了，渐渐发觉小小的船快满了。呼唤着一起回去的伙伴。急急划动船桨向远处烟气笼罩的村子驶去。隐隐传来棹歌，身影渐渐被芦苇遮挡住了。一曲终了，已看不见人。

195. 透碧霄·月华边

月华边。万年芳树起祥烟。帝居壮丽，皇家熙盛，宝运当千。端门清昼，觚棱照日，双阙中天。太平时、朝野多欢。遍锦街香陌，钧天歌吹，阆苑神仙。

昔观光得意，狂游风景，再睹更精妍。傍柳阴、寻花径，空恁亸辔垂鞭。乐游雅戏，平康艳质，应也依然。仗何人、多谢婵娟。道宦途踪迹，歌酒情怀，不似当年。

【注释】

芳树：月亮中的桂花树。
祥烟：祥云。
熙盛：兴盛。
宝运：国运，社稷。
当千：千百年来难得一见。形容胜过前面任何朝代。
端门：皇宫正门。
觚（gū）棱：宫殿屋檐转角处呈方角棱瓣状的瓦脊。
双阙：宫门外相对树立的两座高建筑。
钧天歌吹：神话中天上的音乐钧天广乐。这里指的是帝都的音乐声。
精妍：精细美丽。

艳质：美人。
仗：凭仗。
多谢：深感抱歉。

【译文】

月光照耀。月亮边升起了代表吉祥的云。帝都建筑壮丽，皇朝繁荣兴盛，国运昌盛。端门清明，觚棱沐浴着阳光，双阙高耸入天。正是太平盛世，朝廷和民间都欢乐祥和。繁荣的街巷，都有音乐声，好像神仙居住的阆苑。

曾经游览的时候内心得意，纵情狂游，现在再次看到，更觉得精细美丽。在柳树树荫下走着，寻访开满花的小路，但一无所获。以前玩过的优雅游戏，妓院美人，应该也和从前一样。凭借什么人去向美人谢罪呢。只能说宦海沉浮行踪不定，饮酒听歌的情怀已经不复当年了。

196. 瑞鹧鸪・宝髻瑶簪

宝髻瑶簪。严妆巧，天然绿媚红深。绮罗丛里，独逞讴吟。一曲阳春定价，何啻值千金。倾听处，王孙帝子，鹤盖成阴。

凝态掩霞襟。动象板声声，怨思难任。嘹亮处，回厌弦管低沈。时恁回眸敛黛，空役五陵心。须信道，缘情寄意，别有知音。

【注释】

讴吟：歌唱吟咏。
逞：显示。
鹤盖：像飞鹤的车盖。代指华贵的车架。
凝态：神态庄重。
霞襟：霞衣的前襟。
难任：难以承受。
回厌：声音回旋。

【译文】

她梳着发髻戴着玉簪。严整的妆容很精细，天生的乌发红颜。在美人群里，独自歌唱吟咏。如果要给她唱的一首歌定价，何止千金。倾听她唱歌的地方，王孙公子的车驾连片成荫。

她神态庄重地掩了掩衣服的前襟。象牙做的打板响起来，幽怨之情让人难以承受。唱到高处，声音回转，压住了乐器的声音。有时就那样回眸敛眉，空空俘虏了美少年的心。要相信，歌声可以抒发感情寄托情意。知音另有其人。

197. 瑞鹧鸪 · 吴会风流

吴会风流。人烟好，高下水际山头。瑶台绛阙，依约蓬丘。万井千闾富庶，雄压十三州。触处青蛾画舸，红粉朱楼。

方面委元侯。致讼简时丰，继日欢游。襦温袴暖，已扇民讴。旦暮锋车命驾，重整济川舟。当恁时，沙堤路稳，归去难留。

【注释】

吴会：指杭州。
蓬丘：蓬莱仙岛。
万井千闾：千家万户。古代八家一井，二十五家一闾。指人口聚集地。
雄压：超过，盖过。
十三州：泛指江浙地区。
触处：到处。
青蛾、红粉：指美人。
元侯：地方行政长官。
讼简时丰：政治清明，社会富庶。
襦温袴暖，已扇民讴：襦，短衣。袴，裤子。扇，传播。形容地方官施仁政于民，受到人民的爱戴。典故出自《后汉书·廉范传》：东汉廉范，字叔度，任蜀郡太守。前任为防止火灾，严令禁止百姓晚间点灯夜作，但很多人仍偷偷地夜作，火灾依然不断。廉范到任，废除旧令，让人储水备灾。百姓称便，生产发展，民物丰盛。民间作歌颂扬说："廉叔度，来何暮。不禁火，民安作。平生无襦（短袄）今五绔。"

旦暮：早晚。
锋车：战车。这里指的是长官的车驾。
命驾：驱车前往。
济川舟：宰相。

【译文】

杭州是个风流之地。人口稠密素质高，山水高低错落。亭台楼阁美轮美奂，仿佛蓬莱仙岛。千家万户十分富裕，盖过其他地方。到处都是美人、画舫、红楼。

长官掌管一方军政。政治清明，社会富庶，整日欢乐游玩。长官施仁政于民，受到人民的爱戴。早晚会驾着车驾去做宰相。到那时，百姓修的沙堤路稳，要归去就留不住了。

198. 瑞鹧鸪 · 天将奇艳与寒梅

天将奇艳与寒梅。乍惊繁杏腊前开。暗想花神、巧作江南信，鲜染燕脂细翦裁。

寿阳妆罢无端饮，凌晨酒入香腮。恨听烟坞深中，谁恁吹羌管逐风来。绛雪纷纷落翠苔。

【注释】

寿阳妆：梅花妆。
无端：无休止的。
烟坞（wù）：烟气笼罩的花坞。
绛雪：红色的雪。指的是飘落的梅花瓣。

【译文】

上天将奇艳的特质给了寒梅。它腊月前开放，乍一看以为是繁盛的杏花提前开放。我暗想，这是花神给人们送来的江南信息，它仿佛用胭脂染过、用剪刀剪出来似的。

贴好了梅花妆，无缘无故开始独酌，直至凌晨酒醉腮红。在烟气笼罩的深深的花坞中，听着风中传来的羌笛的声音。红色的花瓣纷纷落在绿色的苔藓上。

199. 瑞鹧鸪·全吴嘉会古风流

全吴嘉会古风流。渭南往岁忆来游。西子方来、越相功成去，千里沧江一叶舟。

至今无限盈盈者，尽来拾翠芳洲。最是簇簇寒村，遥认南朝路、晚烟收。三两人家古渡头。

【注释】

全吴：指苏州。
嘉会：众美集聚。
渭南：渭河以南。
西子：西施。
越相：指范蠡。
沧江：泛指江水。
盈盈者：姿态美好的女子。
南朝路：吴国旧地。

【译文】

苏州众美集聚，自古以来就是风流之地。回想起来往年曾来渭南游玩过。西施和范蠡功成离去，在千里江水中泛起一叶扁舟。

古往今来多少美好的女子，都来开满鲜花的小洲上玩拾翠的游戏。特别是那个偏僻的村庄，远远能看出来吴国旧地，晚上烟气散去，只见两三户人家散落在古渡口。

200. 塞孤·一声鸡

一声鸡，又报残更歇。秣马巾车催发。草草主人灯下别。山路险，新霜滑。瑶珂响、起栖乌，金镫冷、敲残月。渐西风紧，襟袖凄冽。

遥指白玉京，望断黄金阙。远道何时行彻。算得佳人凝恨切。应念念，归时节。相见了、执柔荑，幽会处、偎香雪。免鸳衾、两恁虚设。

【注释】

残更歇：天快亮了。
秣马：喂饱马。
巾车：给车子罩上车衣。
瑶珂：马笼头上的玉饰。
金镫：马镫的美称。
白玉京、黄金阙：天帝的居所。这里指的是京都。
行彻：走完。
柔荑（tí）：美人的手。
香雪：美人的肌肤。

【译文】

一声鸡叫，又报告着天快亮了。马已喂饱，车衣已经罩上，催促着出发。与主人在灯下匆匆告别。山路险峻，刚下了霜，有些打滑。马笼头上的玉饰叮当作响，惊起了栖息的乌鸦，太阳清冷，马镫踏碎了残月。西风渐渐吹起来，单薄的衣衫更显得凄怆寒冷。

远远望向帝都的方向，路途遥远，不知道何时才能走完。想来佳人应该十分怨恨我，而且心情非常急切吧。应该想想，回去的时候了。等见面了，拉起她的手，在幽会的地方肌肤相亲。还是免了鸳鸯被吧，要不也是形同虚设。

201. 法曲献仙音·追想秦楼心事

追想秦楼心事，当年便约，于飞比翼。每恨临歧处，正携手，翻成云雨离拆。念倚玉偎香，前事顿轻掷。

惯怜惜。饶心性，镇厌厌多病，柳腰花态娇无力。早是乍清减，别后忍教愁寂。记取盟言，少孜煎、剩好将息。遇佳景、临风对月，事须时恁相忆。

【注释】

饶心性：情感丰富。
忍教：怎么忍心教。
孜煎：思念煎熬。
将息：将养。
事须：时时要。

【译文】

心里追忆在妓院时，当年约定，要永不分离。每到分别的岔路口就非常遗憾，因为正当携手享受甜蜜时刻，反而变成了分别离开。想念依偎在一起的日子，以前的事顿时烟消云散。

对她很怜惜。她感情丰富，常常是恹恹多病的样子，腰肢似柳，姿态像花，娇软无力。你早就消瘦了，我怎么忍心分别后让你忧愁孤寂。记住我们的盟誓，少思念忧虑，多将养身体。每次看到美景的时候，临风对月，时时要记得想我。

202. 尾犯・晴烟幂幂

晴烟幂幂。渐东郊芳草，染成轻碧。野塘风暖，游鱼动触，冰澌微坼。几行断雁，旋次第、归霜碛。咏新诗，手撚江梅，故人赠我春色。

似此光阴催逼。念浮生，不满百。虽照人轩冕，润屋珠金，于身何益。一种劳心力。图利禄、殆非长策。除是恁、点检笙歌，访寻罗绮消得。

【注释】

晴烟：气温上升产生的氤氲之气。
幂幂：浓浓的。
冰澌：解冻的冰水。
旋：随即。
撚（niǎn）：同“捻”。
照人轩冕：即轩冕照人，形容官位显赫。轩冕，官员的车驾和帽子。
润屋珠金：即珠金润屋，形容家室富有。
一种：一样。
殆：恐怕。
除：除非。
点检：品味欣赏。

【译文】

氤氲之气甚是浓密。渐渐地，东边郊外的芳草都变成了浅浅的碧绿色。野外池塘上温暖的风轻轻吹过，水里的鱼在游动，冰水解冻微微裂开。几行孤单的大雁，随即按着次序飞回了水中结霜的沙石上。吟诵新诗，手里捻着江南的梅花，这是故人赠送给我的春色。

光阴这样催人。想想我这一生还不满百。虽然官位显赫，家室富有，对自身来说有什么用处呢。都一样劳心劳力。贪图功名利禄，恐怕不是长久之计。除非是品赏笙歌，访寻佳人才值得。

203. 诉衷情·一声画角日西曛

一声画角日西曛。催促掩朱门。不堪更倚危阑，肠断已消魂。

年渐晚，雁空频。问无因。思心欲碎，愁泪难收，又是黄昏。

【注释】

曛：落日的余晖。
频：多。
无因：没有缘故。

【译文】

画角声响起，夕阳西下，光线昏黄。催促着自己该关上红色大门了。承受不住极度的思念而去倚靠高高的栏杆，这怎能不让人肠断魂销了。

渐渐到了年终，空无消息。想要问问想念的那个人的消息，却又没有什么原因。思念的心都快碎了，忧愁的眼泪止不住地流，又到了黄昏。

204. 祭天神·叹笑筵歌席轻抛亸

欢笑筵歌席轻抛亸。背孤城、几舍烟村停画舸。更深钓叟归来，数点残灯火。被连绵宿酒醺醺，愁无那。寂寞拥、重衾卧。

又闻得、行客扁舟过。篷窗近，兰棹急，好梦还惊破。念平生、单栖踪迹，多感情怀，到此厌厌，向晓披衣坐。

【注释】

几舍：多少路程。
被：遭受。
篷窗：船上的窗户。

【译文】

轻易抛弃充满欢声笑语的歌舞宴席。离开孤城，不知道走了多少路程停下了船。夜深了，钓鱼的老翁回来了，亮起了几点灯火。宿醉的醉意不散，忧愁无法排遣。怀着寂寞的心情，躺在厚厚的被子里。

又听见外面乘船而来的行客的声音。船近了，划船的声音很急促，我的好梦被惊扰了。想想我这一生，大多是独自一人行踪不定，多有感怀，现在寂寞无聊，快天亮了只好披着衣服坐着。

205. 祭天神·忆绣衾相向轻轻语

忆绣衾相向轻轻语。屏山掩、红蜡长明，金兽盛熏兰炷。何期到此，酒态花情顿孤负。柔肠断、还是黄昏，那更满庭风雨。

听空阶和漏，碎声斗滴愁眉聚。算伊还共谁人，争知此冤苦，念千里烟波，迢迢前约，旧欢慵省，一向无心绪。

【注释】

屏山：绘有山水的屏风。
金兽：兽行金属香炉。
兰炷：兰草做的香。
共谁人：和谁一起。

【译文】

回忆起以前一起在被子里面对面轻声说话。山水屏风遮掩着，红色的蜡烛一直燃烧着，金兽香炉里点着兰草熏香。谁能料想到如今，对酒赏花都辜负了。黄昏时分，凄风冷雨，更令人柔肠寸断。

听空空的台阶上雨滴声与漏壶滴水声相和，更让忧愁直上眉头。我痛苦不已，除了你我还能和谁在一起。想到我们中间隔着千里烟波，之前的约定遥不可及，旧日的欢乐懒得回想，内心一片空白无情绪。

206. 郭郎儿近拍・帝里

帝里。闲居小曲深坊，庭院沈沈朱户闭。新霁。畏景天气。薰风帘幕无人，永昼厌厌如度岁。

愁悴。枕簟微凉，睡久辗转慵起。砚席尘生，新诗小阕，等闲都尽废。这些儿、寂寞情怀，何事新来常恁地。

【注释】

砚席：砚台和座席。

【译文】

我在京都。闲居在唱小曲的教坊里，庭院很深，没有关门。天刚刚放晴。正是炎炎夏日。熏风吹动帘幕，内里无人，白日精神不济，度日如年。忧愁憔悴。

枕头和席子都有些凉了，辗转反侧躺了很久，懒得起来。久不看书，不管是新诗还是小曲，都荒废了。不知道怎么，最近总像这样寂寞。